ハヤカワ・ミステリ

ROBERT VAN GULIK

観月の宴

POETS AND MURDER

ロバート・ファン・ヒューリック
和爾桃子訳

TOKYO
HAYAKAWA
BOOKS

A HAYAKAWA
POCKET MYSTERY BOOK

POETS AND MURDER

by

ROBERT VAN GULIK

Translated by

MOMOKO WANI

First published 2003 in Japan by

HAYAKAWA PUBLISHING, INC.

This book is published in Japan by

direct arrangement with

SETSUKO VAN GULIK.

図版目次

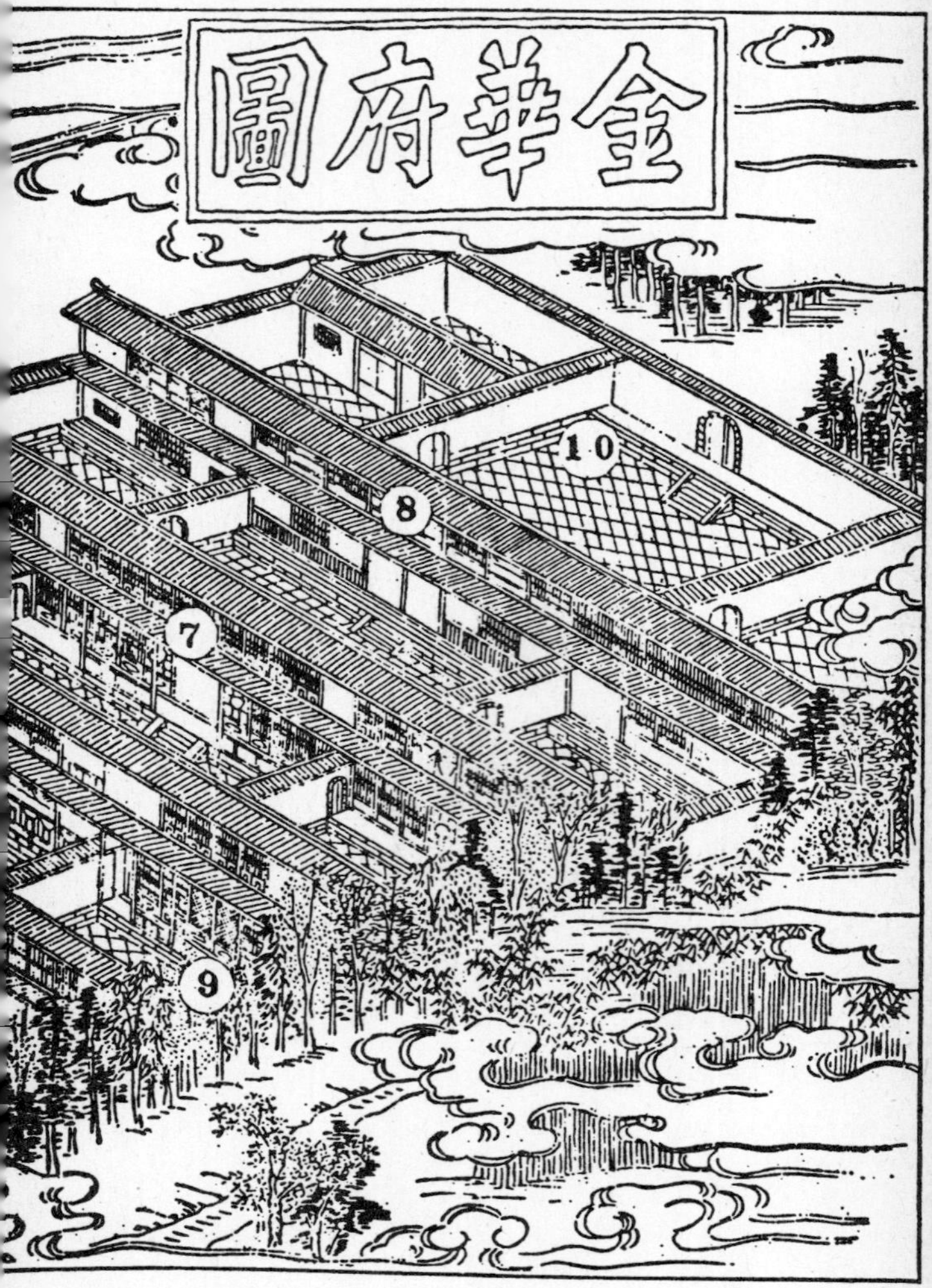
金華府圖
10
8
7
9

羅寛充《ルオクワンチユン》知事が住む金華《チンフア》官邸の見取り図

一、大門
二、前院子《なかにわ》
三、狄《ディー》判事の客棟
四、書斎および博士の客棟
五、郎中の客棟
六、正院子《なかにわ》および宴席を設けた大広間
七、第四院子《なかにわ》
八、女たちが住む後房
九、胡仙祠および魯《ルー》導師の居室
十、裏院子《なかにわ》と厨房

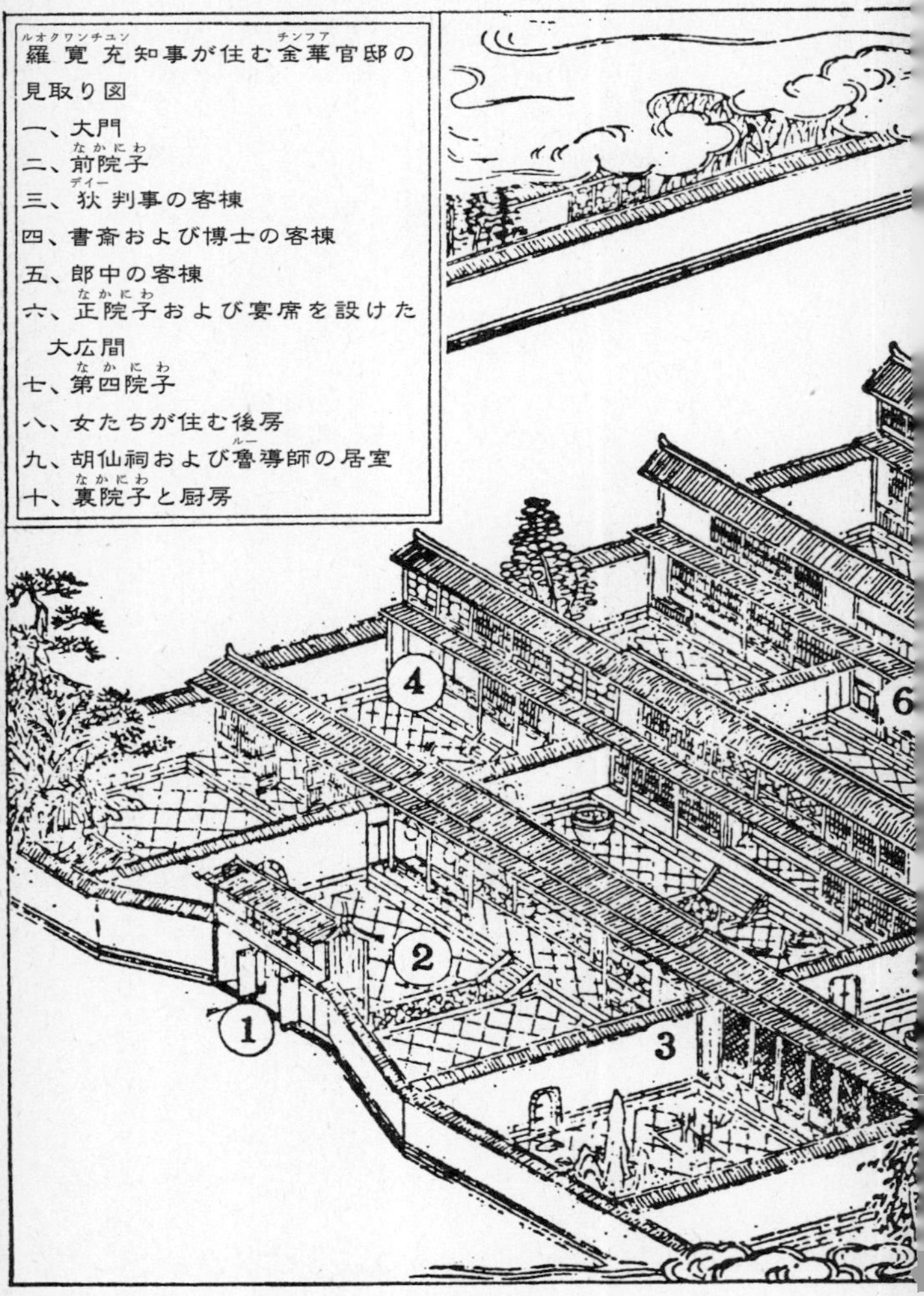

西暦七世紀も半ばをすぎ、日本では聖徳太子の没後四十一年。唐の天下統一から早くも半世紀、戦乱の記憶もうすれ民心ようやく定まり、白村江《はくすきのえ》では倭《やまと》・韓《から》の連合軍を打ち破って内外に大帝国の貫禄を見せつけ、ひとつの偉大な時代がいま、まさに花開こうとしていた。ちょうどそのころ、はじめての任地に赴く県知事がいた。名は狄仁傑《ディーレンチエ》。またの名を「狄《ディー》判事」と呼ばれる。

本篇は、第三の任地である蒲陽《プーヤン》県の知事をつとめる判事が、おとなりの金華《チンフア》県知事を訪ねたおりの事件である。

観月の宴

装幀　勝呂　忠

登場人物

狄《ディー》判事……………蒲陽《ブーヤン》県知事（この時代、知事は判事を兼ねる）
羅 寛 充《ルオクワンチユン》…………金華《チンフア》県知事
高芳《カオフアン》…………………金華《チンフア》政庁助役
邵 範 文《シヤオフアンウエン》博士……元国子監祭酒《こくしかんさいしゆ》（最高学府の長）
張 攬《チヤンラン》 博《ボウ》郎 中《ろうちゆう》……宮中出入りの詩人
幽蘭《ゆうらん》…………………名高い閨秀詩人
魯《ルー》導師……………禅僧
孟素斎《モンスウツアイ》……………茶商人
宋毅文《スンイーウエン》挙人………無位無官の読書人
小鳳《しようほう》…………………舞妓《ぶぎ》
鬱金《うこん》…………………玄胡祠《げんこし》の堂守

1

助役はぶじに使いを果し
謎の怪僧が招待を受ける

でっぷり肥えた僧が大きな長椅子にあぐらをかき、まばたきもせず、無言で来客を睨みつける。ややあって耳障りなだみ声で、「断わる。今日は午後から市中に用があってな」ずんぐりした左手の毛深い指が、片ひざにのせた読み古しの巻子《かんす》をつかむ。

背が高く、こぎれいな青い長衣に黒絹の外套をはおった相手はしばし絶句した。わざわざ長い寺通りを歩きづめに歩いてきたというのに、主人役ともあろうものがふんぞりかえったまま、席をすすめもしないとは。かくもがさつで見苦しい坊主を、お歴々がたと同席させてよいのだろうが……嫌悪の念もあらたに眺める。巨大な坊主頭は猪首が肉厚の両肩にめりこんだよう。どす黒くたるんだ頬は無精ひげがはびこり、ぶあつい唇の上に太い鼻があぐらをかく。なみはずれて大きなぎょろ目など、どう見ても人というより不気味な蝦蟇《がま》だ。ぼろきれを綴り合わせた糞掃衣《ふんぞうえ》のすえた臭いが天竺渡りの香にからまり、殺風景な室内にたちこめる。妙覚寺境内越しに流れるものうい読経につかのま耳をすまし、来客はためいきまじりに言葉を継いだ。

「わがあるじ羅《ルオ》知事がさぞ気落ちなさるでしょう。こよいは官邸で晩餐をごいっしょし、さらに明晩は碧崖《へきがい》にて中秋の宴を、とのお心づもりでしたのに」

どなりつける。「知事のくせに不謹慎な！　あろうことか連夜の宴だと、けしからん！　しかも、ぜんたいどういうつもりだ、自分で来るかわりに助役のきさまなんぞ使いによこしおって？」

「ただいま州長官が通りすがりに当地においでてして。けさがた早く、あるじは西市《さいし》の官旅（役人専用の宿）に召されました。州内十四県の知事がすべて参りまして会議がひらかれます。その後、長官より正午きっかりに官旅にて午餐をたまわるとのことです」ひとつせきばらいをして弁解がましく、「さきほどは宴と申し上げましたけれども中身はごく気軽なもの、じつを申せば詩のつどいです。それであなたさまにも……」

「ほかのめんつは？」ぶっきらぼうに話の腰を折った。

「さよう、まずはかの名高い邵国子博士《シャオこくしはかせ》ですな。それから張攬博郎中《チャンランボウろうちゅう》。おふたりとも今朝おつきになりました。それから……」

「あのふたりなら前から知っとる、やつらの詩もな。わざわざ顔を合わすまでもないわ。羅《ルオ》の犬畜生とくれば……」来客に毒のこもった視線をくれ、いきなり「ほかは？」

「狄《ディー》判事もおいでになります、おとなりの蒲陽《プーヤン》知事どのですな。やはり長官のお召しで、昨日から当地にお越しです」

醜怪な顔が毒気を抜かれた。「蒲陽《プーヤン》の狄《ディー》だ？ あの外道《げどう》めがなんで……」と口を開きかける。ついでいまいましげに、「詩のつどいといいながら、よもやきゃつめがのこのこ面《つら》出すんじゃあるまいな？ どっちかといや散文向きの野暮天だとはかねがね聞いとる。くそ面白くもないやつよ」

助役は念入りに口ひげをなでつけたのち、ことさら硬い口ぶりで、

「おたがい知事同士で個人的にもお親しいので、狄《ディー》知事どのはあるじの身内同然でして、当然ながら官邸での宴にはすべて出席なさいます」

「ずいぶんと奥歯にもののはさまった言いようだな？」相手が冷笑する。頬をふくらませて考えこむさまは、ひときわ蝦蟇そっくりだ。ややあってなまなましく分厚い唇が割れて茶色い乱杭歯をのぞかせ、片頬でにやりとする。「狄《ディー》

高《カオ》助役と導師

とはな、ふん」ぎょろ目をむいて相手をにらみ、もの思いにふけりつつ頬の無精ひげをしごく。じょりじょりとこすれるたび、きれい好きな助役の癇にさわった。視線を落とした僧が半ば独りごちる。「ふたをあければ、あじなことにならんとも限らんて。さてさて、やつめ、狐をどう思うかな！　おそろしく切れるというが」ふいに目を戻してどなった。「きさま、さっきもまた何やら名乗ったな、助役？　包《パオ》か、貉《ハオ》か、さもなきゃ何てんだ？」

「高《カオ》と申します。高芳《カオファン》です。以後、お見知りおきのほど」

僧がじいっとその背を見すかす。助役は肩越しにふりむいたが、扉をくぐる人影はない。と、いきなりこう言われた。

「よかろう、高《カオ》さん。気が変わった。主人に伝えるがいい、招きに応じるとな」眉ひとつ動かさぬ相手に疑いの目を向け、するどく問いただす。「ときに、羅《ルオ》知事はどんな手を使って、この寺にわしがおると知った？」

「まちの噂になっておりました、二日前においでになったと。それで、寺通りのこちらまで調べに参れとけさがた申しつかりまして。それでまっすぐ……」

「そうか。たしかに予定通りなら二日前に来とるはずだった。だが、実は、けさついたばかりだ。途中で足留めを食らってな、おまえさんにゃかかわりない話だが。羅《ルオ》知事の官邸には昼飯どきの正午ぴったりに行く。お斎《とき》は精進ものだけ、それとこぢんまりした静かな部屋を手配しといてくれ、おまえがじかにやるんだぞ。小さくても掃除はきれいにな。もう帰っていいぞ、高《カオ》さん。わしはまだここの用がいくつかある。世を捨てた出家といえど、つとめはあってな。なかでも亡者のとむらいだ、新仏《にいぼとけ》だけじゃなく古いやつもおるが」とどろくような笑いで厚い肩をゆすり、同じく唐突にぴたりと笑いやむ。「じゃあな！」と、だみ声を投げた。

つつしんで拱手一礼《きょうしゅいちれい》した高《カオ》助役がいとまを乞う。ついできびすを返して去った。

肥った僧のほうはひざの上の巻子を広げる。授記《じゅき》（予言）

の経典だった。題目《だいもく》に太い人さし指をあてて読み上げる。

「玄　胡《くろききつね》巣穴より出づ。構へて心せよ」巻子を閉じ、まばたきしない蝦蟇の目を扉にすえた。

2

ふたりの知事が客を評し
中秋節へと思いをはせる

「いやあ、じつにうまかった。あの烟熏鴨肉《イエンシュンヤーロウ》（あひるの燻製）はいい仕事をしてたなあ」羅《ルオ》知事はそう言うと、組んだ両手を太鼓腹にのせた。「だが、水晶蹄《シュイジンティ》（豚足の煮こごり）のほうは酢がききすぎだ。ぼくの口には合わないね、少なくとも」

狄《ディー》判事は座席の柔らかなしとねに身をあずけた。官旅からの戻りに同僚の快適な輿《こし》に乗せてもらい、その官邸まで一緒に帰るところだ。長い黒ひげをなでながら言った。

「水晶蹄についてはそうかもしれんな、羅《ルオ》君。だが、肴ならほかにいくらでもあったんだ、まさに山海の珍味だったよ。それに、長官は現状把握能力にたけた逸材という気がしたな。会議を総括した訓話など、すこぶるためになった」

小さくおくびをもらした羅《ルオ》知事が、ぽっちゃりした手でお上品に口もとをおおった。ついで、丸顔を飾る小さな口ひげの先をひねりあげる。

「そりゃ、ためにはなったがね。それにしたって退屈で。えいくそ、なんでこんなに蒸すんだ、ここは?」汗だくの額から、左右に張り出した黒繻子の知事帽をずり上げた。直属の上司たる長官の御前にふさわしく、ふたりとも緑錦の官服に威儀を正している。秋らしくさわやかだった午前中とはうってかわって、中天高くのぼった日ざしが容赦なく輿の屋根に照りつける。

羅《ルオ》があくびをした。「さて狄《ディー》君、会議もとうに片づいたことだ、もっと楽しい話題に気持ちを切り替えたって、ばちは当たらんでしょう! ご逗留くださる二日間のおぜんだてはもうやってあるんだ、細工はりゅうりゅう仕上げをごろうじろですよ、大兄! 手前味噌だが、かなりなもんだよ!」

「ご厚意に甘えすぎては心苦しいよ、羅《ルオ》! 私のことならお気づかいは無用にねがおう。おたくの立派な書斎でちょっと書見でもさせてもらえれば……」

「読書してる場合じゃないですぞ、きみ!」羅《ルオ》が窓のとばりを開ける。輿は大通りをたどるさいちゅうだ。それぞれの店先を形も大きさもとりどりに彩る、はでなちょうちんを指さした。「明日は中秋節なんだから! ほかならぬこよいこそ、祝宴の幕開け! 夕食会です。厳選した顔ぶれでこぢんまりとね!」

いんぎんに笑顔をみせた狄《ディー》判事だが、同僚に中秋節の話を持ち出されて、ふと胸が痛んだ。数ある節句の中でもこの日は家族みんなで団欒して女たちをねぎらい、子供らの出番も多い。この日だけは蒲陽《プーヤン》で迎えよう、家族水入らずで過ごそうとずっと楽しみにしていた。だが、来週に州都に戻るはずの長官の命で、またのお召しにそなえて金華《チンフア》に二日とどまるよう命じられてしまった。ためいきをつく。できればすぐにも蒲陽《プーヤン》に戻りたいのだ、中秋節はともかく、保留のやっかいな怨恨事件がひとつあって、じかに事情聴取をしたい。その事件のために信頼できる相談役の洪《ホン》警部と三人の副官たちは蒲陽《プーヤン》に残して、最終告発に向けての情報収集に専念させ、金華《チンフア》にはひとりで来た。「ん、今、誰と？」

「かの有名な邵《シャオ》博士ですよ、きみ！　わが陋屋《ろうおく》へのご光来をご承知くださいましてね！」

「まさか、さきの国子監祭酒《こくしかんさいしゅ》の？　つい最近まで中書舎人《ちゅうしょしゃじん》として、めぼしい勅書の起草を一手にひきうけていた人物か？」

羅《ルオ》知事が満面の笑みをうかべた。

「そのまさかだよ！　韻文散文ともに当代きっての文章家のおひとりですな。それから、お上のお覚えめでたい詩人の張攬博《チャンランボウ》どのもやはり拙宅にお泊まりなんだ」


「なんと、当代きっての大家が一人ならずふたりまでも！　詩は余技などと謙遜しても通らんな、羅《ルオ》君！　そんな名だたる詩人たちの訪《おとな》いを受けるとは……」

肥った同僚があわてて片手をあげて制する。

「いやいや狄《ディー》、それは過褒ですぞ。それもこれも偶然が重なっただけでね！　博士は都からの戻り道にたまたまお通りになったまで。張《チャン》のほうは生まれも育ちもこの金華《チンフア》でね、祖廟のお参りに帰省したんだ。それでご承知のとおり、この政庁はうちの官邸も含めてもともと夏離宮で、二十年前に皇位簒奪を企てた悪名高い九親王のすまいだった。いくつもの独立した院子にわかれているし、いい庭も多い。あのご両人が招きに応じたのは、たんに官旅より居心地よかろうって魂胆なのさ！」

「卑下がすぎるぞ、羅《ルオ》！　邵《シャオ》も張《チャン》もすこぶるつきのうるさがただ、詩風に雅致を認めなければ宿を借りるさえ潔しとせんだろう。ご到着予定はいつごろかな？」

「ご両名ともいまじぶんにはおみえのはずだよ、大兄！

大広間でおひるをお出しするよう執事に言っておいた、私の名代は助役がつとめる。われわれもそろそろ着いていいころだが」窓のとばりを寄せる。「こんちくしょう、あんなところで何をやっとるんだ、高《カオ》は？」窓から頭だけつきだして輿丁頭《こしかつぎがしら》にどなる。「止まれ！」

政庁大門前で輿がおろされると、心配そうに大階段で身を寄せ合う者たちが窓越しに見えた。こざっぱりした黒外套に青衣の男は羅《ルオ》の助役で高《カオ》。茶色と黒のだんだら上衣にずぼん、黒塗りかぶとに赤い房を垂らしたやせっぽちは巡査長にちがいない。あとのふたりは庶民らしい。やや離れて巡査が三人立っていた。巡査長と服装は同じだが、かぶとに赤い房がない。腰に巻いた細い鎖から、指責め具や手かせをぶらさげていた。輿めざして急いで階段をおりてきた高《カオ》が、窓の手前で深く頭をさげた。羅《ルオ》知事がつっけんどんにたずねる。

「なにごとだ、高《カオ》？」

「三十分ほど前に、茶商の孟《モン》家の執事が殺人事件を通報いたしまして。被害者《がいしゃ》は孟《モン》邸の裏院子《にわ》に間借りする宋《スン》挙人です。のどをかき切られておりました。有り金はそっくり盗まれております。犯行時刻はけさの払暁と思われます」

「祭りの前夜に殺人《ころし》とは、なんとあいにくな！」羅《ルオ》が狄《ディー》判事につぶやく。ついで高《カオ》に懸念のまなざしを投げる。「お客人のご様子はどうだ？」

「邵《シャオ》博士のご到着は知事さまのご出発とちょうど入れ違いで、張《チャン》さまもつづいておみえになりました。ご不在のむねをお詫びしてそれぞれのお部屋にご案内申し上げました。おふたかたがちょうどおひるの席につかれたところへ魯《ルー》導師がみえられました。みなさま、食後はお部屋にひきとられてご休息です」

「よろしい。ならばただちに現場検証にでかけてさしつかえあるまい。お客がたへのごあいさつは、お目覚め後にいくらでも時間がある。巡査長と巡査ふたりをひとあし先に馬でやっておけ、高《カオ》。現場に手を触れさせぬよう、しっかり見張らせておくのだぞ。検死官には報せたか？」

「はい、閣下。それに公文書綴りから関係書類一式を出してまいりました。被害者《がいしゃ》と、家主の孟《モン》のぶんもございます」袖から公文書の束をとりだし、鄭重にあるじに渡した。

「よおし、よくやった！　おまえはこの政庁に残れ、高《カオ》。重要文書が届いてないか確かめ、日常業務を処理せよ！」聞き耳をたてていた輿丁頭《こしかつぎがしら》にどなる。「孟《モン》の家は知っておるな？　東門のあたりだと？　よし、すぐ輿を出せ！」

輿が出るまぎわ、羅《ルオ》は狄《ディー》判事の腕に手をかけてあわただしく言った。

「午睡もとれなくて気分を害しておられんといいが、狄《ディー》君！　ぜひともお知恵を借りたくてね。胃の腑がいっぱいのときに、ひとりきりで殺しの現場検証なんてとてもとても！　きゅっとやれれば気分もほぐれるのにな。だが、たった一杯でも悪酔いしそうだ！」顔の汗をぬぐってふたたび気づかう。「本当にかまわんだろ、狄《ディー》？」

「むろんだとも。できることは喜んでやらせてもらおう」口ひげをなでながら、狄《ディー》判事はさらりと言った。「とくに、現場にはいっしょに行けるんだからな、羅《ルオ》。つい先ごろの楽園島みたいに一杯食わそうったって、そうはいかないわけだ！」

「そりゃね、大兄は女が相手だとものすごく話し好きってほうじゃないだろ。去年のあの件なんてそうだよ。来たと思ったら、あれよという間に両手に花をさらってっちまうんだからね！」

狄《ディー》判事は微苦笑した。

「はいはい、これでお互い水に流しましょう！　それで今回の件だけど、とりたててどうってことないんじゃないかと思うんだ。殺しといえばたいてい物盗りだからね。おたがい今のうちに、被害者《がいしゃ》の素性をきちんと頭にいれとかないか」

書類束をすかさず判事の手に押しつける。「お先にどうぞ、大兄！　その間にちょっとだけ目をつぶらせていただくよ。雑念を入れずに考えごとに集中できるからね。東門まではまだまだだし」帽子をずらして両目をふさぎ、ほっとひと息ついてしとねにもたれた。

読みやすいように手近の窓から明かりを入れた判事だが、いざとりかかるまえに同僚の赤ら顔に思案の眼を投げた。殺人捜査にあたる羅《ルオ》のお手並み拝見も一興だろう。思うに、知事というものは州長官の命令がとくにないかぎり任県を離れられず、同僚の仕事ぶりをつぶさに見る機会はまれだ。しかも羅《ルオ》は並の人物ではない。金に不自由してないから、金華《チンフア》知事職を受けたのは、誰にも気がねせずに酒や女や詩作といった趣味三昧に日々を送れるというだけの理由だともっぱらの噂だった。金華《チンフア》というのは昔から並の知事ではつとまらない。宏壮な官邸の維持費用を捻出できなくては話にならないからで、羅《ルオ》の留任は主にそのせいだと官界ではまことしやかにささやかれている。だがかねてより、公務そっちのけの遊び人的態度は大半が周到な計算にもとづく演技で、実はかなりまっとうに県政にとりくんでいるのではないかと狄《ディー》判事はにらんでいた。現にいまも、ただちに現場検証に出向いた決断ぶりには好感がもてる。部下に形ばかり調べさせてこと足れりとする知事も珍しくないのに。判事は報告書をひろげた。書類のはじめに、殺された挙人についてのこまごました公式事実がある。

被害者《がいしゃ》の姓名は宋毅文《スンイーウエン》、年齢は二十三、妻はまだ。省試という科挙の第二試験で好成績をおさめ、賜金を受けて史書編纂にたずさわり、いにしえのある国の事績を担当することとなった。金華《チンフア》に来たのは二週間前、その足で政庁に届けを出し、ひと月間の滞在を願い出ている。そのさいに高《カオ》助役に述べたところによると、当地に来た目的は地元史料を調べるためだった。正確に言うと宋《スン》の調べる時代は今から数百年前で、ちょうど金華《チンフア》で農民反乱がおきたころだ。その補足資料が古記録にあればと思って訪れた。公文書保管庫の閲覧許可を助役が出してやっている。付録の訪問記録によると、宋《スン》は毎日のように公文書庫に通って午後じゅう過ごしていたらしい。それで終わりだった。

べつの書類は宋《スン》の家主である茶商人の孟素斎《モンスウツアイ》に関するも

のだ。しにせの茶舗を父から受け継ぎ、十八年前に黄《フワン》という同業者の娘をめとって一男一女をあげた。娘はもう十六歳、息子は十四になる。正式に届け出た妾がほかにひとりいる。婚姻証書と出生証書がぜんぶ添えてあった。満足顔で狄《ディー》判事はうなずいた。高《カオ》助役の手堅い仕事ぶりがよくわかる。いまや不惑を迎える孟《モン》は税をきちんと納め、あちこちに喜捨もおこなっている。寺通りに軒を連ねる伽藍のひとつ、妙覚寺の檀家に名を連ねているとあっては仏教徒にきまっている。それで、あることを思い出した。おだやかな寝息をたてている連れをひじでつつき起こす。「さっきおたくの助役が言っていた導師というのは？」

「導師？」羅《ルオ》が寝ぼけ眼をみはる。

「ひるの食事どきに、どこかの導師が官邸にきたと高《カオ》が言っとらんかったか？」

「そうそう、そうですとも！　魯《ルー》導師のことは、さだめしお聞き及びでしょうな」

「いや。浮屠《ふと》の輩とはあまりつきあわんから」

ただでさえ謹厳な儒学の徒とは教義があいいれないうえ、さきごろ普賢寺の坊主どもが自県でしでかした醜行ざんまいが、判事の仏教嫌いに一層の拍車をかけている。

羅《ルオ》が含み笑いをした。

「魯《ルー》導師は誰とも徒党を組んだりしませんよ。いやあ、顔合わせが楽しみだな、大兄！　きっとうまが合いますよ。いや、少し頭がすっきりしてきたぞ。その書類を見せてもらいましょうか！」

狄《ディー》判事は書類束をわたし、座り直してあとは到着までじっと黙っていた。

3

公用輿が旧家をおとずれ
あるじが知事を案内する

茶商人の邸は輿の通り抜けもままならないほど細い路地裏にあったが、風雨にさらされた緑磚《タイル》飾りのれんが塀が両側高くそびえたち、いかにも由緒ありげな屋敷町のたたずまいだ。輿がとある門前に止まった、きらびやかな金属飾りをほどこした黒塗り門だ。迎えに出た巡査長が鞭をふりあげ、さして多くもない野次馬の人垣を追い散らした。門扉が左右に開け放たれる。天蓋の高い輿でも、時代をへて黒ずんだ頑丈な門の垂木をかろうじてかするていどだ。羅《ルオ》知事のあとにつづいて輿をおり、手入れのゆきとどいた前院子《なかにわ》をすばやく視界におさめた。亭々たる二本のいちいがひっそりした院子に涼しい木蔭を落とす。木と木の間に花崗岩の石段が朱柱をめぐらした堂々たる主広間へと続く。うぐいす色の長衣をまとい、馬の毛織にひだを寄せた黒い角帽をかぶったやせた男が息せき切って階段をおりてきた。羅《ルオ》がちょこまかと進み出る。

「茶商の孟《モン》さんだね？　けっこう！　県内きっての茶舗のあるじに会えてうれしいですよ。実にぞっとしますな、こんな旧家で盗みや殺しがもちあがるとは！　しかも、よりによって中秋節をあすに控えたきょうという日にねえ！」

孟《モン》はうやうやしく頭を下げ、お上の手を煩わせてと詫びを言いかけた。それを小柄な知事がひきとる。

「民草のためです、公務とあらばいつなりともお力になりますぞ、孟《モン》さん！　いつなりとも！　ときに、こちらは私の友人でね。やはり知事でたまたまご一緒していてね、殺しの報告が届いたとき」帽子を小粋にかぶりなおす。「さて、現場にご案内ねがいますか。たしか裏院子でしたな、

二知事がそろって来駕《らいが》

思いちがいでなければ」

「仰せのとおりでございます、閣下。ですが、まずは大広間のほうで茶菓でも？　その後に、私の口から正確なところを……」

「いやあなた、そんな形式ばったことはいっさい抜きで！　裏にまっすぐご案内いただきたい」

うなだれながらも茶商はおとなしく一礼し、大広間をとりまく屋根つきの側廊を真裏へとぬけ、四方に塀をめぐらした庭へと案内した。ふちに花の鉢植えがずらりとならぶ。女中がふたりでうろたえている、あるじがえらいお役人をふたりも案内して角を曲がってきたからだ。しんがりの巡査長など、腰にさげた鉄の手かせをひと足ごとにがちゃつかせる。向かいを孟《モン》が指さしたのを見ると、四方八方にやたらと広がった建物だった。

「あちらがてまえの家族のすまいでございます。左手の小道ぞいに回りこみます」

軒先づたいに紅格子の窓下につづく敷石の小道をめぐると、室内からのぞく青白い顔が狄《ディー》判事にちらと見えた。すっきりした若い娘の顔のようだ。

次にやってきたのは広い果樹園で、草むらの中にいろんな果物の樹が思い思いにつっ立っている。

「亡くなりました母はとても園芸好きでございまして」茶商人が述べる。「生前は庭師どもをじかに監督しておりました。ですが、去年亡くなりましてからは、世話をする暇が……」

「でしょうとも」羅《ルオ》知事が言うと、縁飾りのついた衣のすそをからげた。とげだらけの植え込みにふちどられた小道がひとすじ、果樹園を抜けてうねる。「むこうの梨なんかうまそうだ」

「ありきたりの梨ではございませんので、閣下。大きくておいしゅうございます。さて、宋《スン》さんに貸しておりました裏院子は向こうのはずれにございます。ここからは屋根だけがのぞいておりましょう。夜中の悲鳴や騒ぎがとんと私どもに聞こえなかったわけが、これで閣下にお分かりいただだけるかと存じます。なにしろ……」

羅《ルオ》の足が止まった。

「昨夜？　ではなぜ、今日の昼になって殺しを通報したのか？」

「死体を見つけたのがちょうどそのころだからでございます。宋《スン》さんはいつも、朝は角の屋台で焼餅《シャオピン》を買ってすませ、朝のお茶は自分でいれておりました。ですが、昼と夜はうちの女中どもに運ばせておりました。おひるを運んでいっても戸が開きませんので、女中がてまえを呼びに参りました。扉をくりかえし叩いて宋《スン》さんと声をかけてみましたが、何の物音もしませんので、もしや具合でも悪くなったのではと心配になりまして。執事に命じて戸を破りましたら……」

「なるほど。それで、先を続けて！」

果樹園裏にその煉瓦づくりの低い家があり、巡査が戸口を固めていた。板がひび割れて蝶番がはずれているので用心しいしい扉を開ける。入ると小さな書斎で、茶商人が怒りをにじませた。

「下手人どもが荒したあとをごらんくださいませ！　それも亡母遺愛の部屋を。父の死後は毎日のようにここに参りまして――とても静かでございますし、正面の窓からはお気に入りの樹が見えますので、その机についてここで読書や書きものをいたしておりました。それが、こんなにされて……」窓際の紫檀机をやるせなく一瞥する。引き出しはどれも引きぬかれ、書類、名刺、文房具などの中身が石の床に散らばっていた。ふかふかした肘掛け椅子の横に赤革の銭箱があった。こじ開けられ、ふたが途中でねじれている。中身はからだった。

「ご母堂は詩がお好きだったとみえる」羅《ルオ》知事があいそよく言う。横の壁の棚にうず高く積んだ巻子を見ている。どれも紅箋の題字がきちんとつけられ、挟みこんだしおりでがさがさいうほどだ。羅《ルオ》が近寄って一冊手に取りかけて戻し、そっけなく尋ねた。

「奥のあのとばりは寝室への入口だな？」

孟《モン》がうなずくや、すかさず羅《ルオ》はそのとばりを開けた。寝室は書斎よりやや大きい。奥の壁際に飾りけのない寝台があり、上掛けは折り返してあった。頭板のそばに小机があり、きれいに燃えつきたろうそくが一本。長い竹の横笛が壁釘にかかっていた。その向かいの壁ぎわに、彫りのある黒檀の鏡台。寝台の下から豚革の赤い行李《こうり》が引き出され、ふたは開けっぱなしで、いろんな男ものがしわくちゃに突っ込まれている。奥の壁に引き戸があり、大きなかんぬきがかかっていた。青衣のずんぐりした男が死体脇の床にひざまずいていた。羅《ルオ》の肩越しにみた感じでは、殺された挙人は骨と皮に痩せた男で、あっさりした顔だちに小さな口ひげとあごひげ。まげはほどけ、床の敷物にできた血だまりが乾いて髪にはりついている。血染めの黒いつばなし帽が頭のすぐ横に転がっていた。白いねまきすがたで、絨氈《フエルト》の柔らかい室内履きの底に乾いた泥がついていた。右耳のうらに見苦しい傷跡がぱっくり口をあけている。

検死役人が急ぎ足で近づいて一礼した。

「右の頸動脈を力まかせに断ち切られております、閣下。大きな匕首《あいくち》か包丁でございましょう。死体から判断しますに、犯行は夜半ごろです。ちょうどここにうつ伏せになっておりました。仰向けにして、暴力のあとが他にないか調べましたが、何も見つかりませんでした」

羅《ルオ》知事が何ごとかつぶやき、それから、戸口を入ってすぐのところにまだ立っていた茶商人に注意を向けた。小さな口ひげを人さし指と親指でひねりあげつつ、意味深長な一瞥を孟《モン》にくれる。孟《モン》の風貌は商人より学者にふさわしいと狄《ディー》判事は思った。だらりと垂れた口ひげとぼさぼさの山羊ひげのせいで、土気色の面長がいっそう長く見える。

「さっき、やはり犯行は夜中だといってたな、孟《モン》さん」やぶからぼうに羅《ルオ》が言った。「なぜだ?」

「そう思えまして」茶商がゆっくりと答える。「宋《スン》さんはねまきでしたのに、寝台に寝たあとがございません。ところで、宵っぱりなのはてまえども存じておりました。いつも夜おそくまで窓に灯がともっておりましたので。ですから下手人がふいをついて襲ったのは、宋《スン》さんが寝床に入るまぎわではないかと」

羅《ルオ》がうなずく。「その下手人だが、孟《モン》さん。どうやって中に入ったのだろう?」

相手がためいきをつく。かぶりを振り振り答えた。

「宋《スン》さんにはちょっとうかつなところがございまして、閣下。家内が女中に聞いた話では、女中たちが食卓をととのえる間、あれこれ考えごとをしながらつくねんと座っているばかりで、話しかけられてもろくに返事もしなかったとか。ゆうべ、この部屋の裏口のかけがねをうっかりしめ忘れ、おまけに庭門のかんぬきまではずしておりました。こちらへどうぞ、閣下」

小さな庭で、ぐらぐらの竹椅子に腰かけていた巡査がさっと直立不動になった。羅《ルオ》のところは職員をきちんと仕込んどるなとふと思う。犯行現場の出入口すべてに見張りを置くなどというつぼを押さえた目配りはなかなかできるものではない。厨房兼洗い場にしている小屋をひとわたりざっと見回すと、高い庭塀の小さな裏木戸をくぐる寸前の羅《ルオ》と孟《モン》に追いついた。しんがりに巡査長がつく。出てみると巷《こうじ》の路上だった。孟《モン》家の路地と、となりの大通りにそれぞれ面したお邸の庭塀がずらりと道の両側に立ち並び、よそよそしく人目をさえぎる。せまい路上にちらばったごみの山を指さして、茶商人が述べた。

「夜更けによく浮浪者やくず屋がこのへんをうろついて、ごみの山をあさっております。ですから宋《スン》さんには言ったんでございます、夜はいつも庭門にかんぬきをかけてくれと。きっと、ゆうべ出かけてそぞろ歩いた帰りにかけ忘れたんでございましょう。てまえが死体を見つけたとき、半開きになっておりましたから、寝室のかけがねも閉め忘れたんでございます。庭門は戸が閉まっておりましたが、かんぬきははずれておりました。おめにかけましょう、てまえが見つけたときのままにしてございます」

さきほどの庭にもどる。頑丈な木のかんぬきが門わきの庭塀にたてかけてあった。孟《モン》が述べる。

「起きたことが目に見えるようでございます、閣下。わずかに開いた庭門が、その巷《こうじ》を通る賊の目にとまります。庭に忍び入り、家人はもう寝たと思って押し入って参ります。ところがちょうど寝る前だった宋《スン》に見とがめられ、ひとりきりだと見すました賊はその場で宋《スン》を手にかけます。そうしておいて寝室と書斎を荒らし回り、銭箱を見つけてなかの金をとり、往きと同じ道をたどってひきあげたのでございます」

羅《ルオ》知事がゆっくりとうなずく。「その銭箱だが、宋《スン》さんは、ふだんいかほど入れていたのか？」

「それは、てまえにはちょっと。家賃はひと月分を前払いで入れていただいておりましたが、都へ帰る路銀ぐらいは当然残っておりませんと。それに、衣装箱に装身具があってもよさそうなものですが」

「その悪党めはじきにひっとらえてお目にかけます、閣下！」と巡査長が述べる。「あの手合いの賊は、えもので懐があったまると必ず金づかいが荒くなります。手の者に命じて、酒場や賭場を回らせましょうか？」

「そうしてくれ、巡査長。質屋のほうもそれとなくあたらせろ。死体は仮棺におさめて政庁の霊安所に運ぶように。ほとけの近親者にも連絡せねば」こんどは茶商に向かってたずねる。「宋《スン》はこのまちに友人縁者がいたのだろうな？」

「おそらくいないと存じます、閣下。これまでのところ宋《スン》さんのことを聞いてきた人もなく、てまえの知る限りでは来客もございません。宋《スン》さんは勉強好きでものがたいお若い方で、大の人嫌いでした。はじめてお会いしましたとき、夕飯後のお茶でも飲みがてらお話しにおでかけください、いつでもお待ちしておりますよと好意で申し上げたんですが、この二週間というものまるで知らんぷりです。ちょっと意外でしたね、あんな礼儀正しくて上品な物言いのお若い方が。だいいち、それじゃあ世間が通りませんでしょう、間借りしている家のあるじに招ばれたら、ふつうはねえ……」

「よくわかった、孟《モン》さん。宋《スン》の身内については都の吏部《りぶ》に手紙で問い合わせるよう、うちの助役に言っておく。書斎にもどるとしよう」

羅《ルオ》は狄《ディー》判事に机の肘掛け椅子をすすめた。自分は樽型の腰掛けをひっぱって本棚に近寄る。本を何冊かおろすと、ぱらぱらと繰りはじめた。

「ははあ！」と声をあげる。「亡きご母堂はじつにいいご趣味をしておられたのだな、孟《モン》さん！　二流どころの詩人の作品まで目を通しておられる。二流というのは、すくなくとも官の基準に照らせばということだが」ちらと判事を見て相好をくずし、「この友人の狄《ディー》君などはえらく保守的で、ぜったい賛成してくれますまい、孟《モン》さん。だが、私自身はいうところの二流詩人のほうが、勅撰詩集に載るような御用詩人よりはるかに独自の作風を誇っとると思いますな」本を戻してまたべつのを何冊かおろす。目も上げずにせわしなく本を繰るかたわら言葉を続けた。「この金華《チンファ》に身寄りも知るべもないなら、なあ孟《モン》さん、おたくの裏院子を貸しに出すという話をどうして知ったのかな、宋《スン》さんは？」

「二週間前に宋《スン》が政庁に届け出に参りましたとき、てまえもたまたま助役の高《カオ》さんをお訪ねしまして。母が亡くなりましたあとでこちらの借り手を探していたのを高《カオ》さんがご記憶で、ご親切にお引き合わせくださいました。それで、その足でうちに見にきてもらいましたら、たいそうお気に召しましてね。まさに願ってもない静かな部屋だと言われまして。また、かりに古文書調査が予定より長引いたら、そのぶん賃貸を延ばしたいとのことで。てまえにも渡りに船でした、なにせ今日びはなかなかに……」

羅《ルオ》が聞こうともしないので茶商人の言葉がとぎれた。わき目もふらず、ひざの上の本にはさんであった紙の一枚に読みふけっている。小柄な知事が顔を上げた。

「お母上の感想はどれも実に的確ですな、孟《モン》さん。それに、字の美しいこと！」

「眼が衰えてからも習字の稽古は毎朝欠かしませんでした

ので、閣下。亡父も詩をたしなみまして、よくふたりで意見を……」

「すばらしい！」羅《ルオ》が声をあげる。「誇るに足る文雅のご家風ですな、孟《モン》さん。さだめしご自身もそれに恥じぬ高尚な素養をお持ちでしょう」

茶商人はさびしげに笑った。

「あいにく、そういう資質は一代限りでございまして、閣下。てまえのほうはまるで不調法でございます。それでも息子と娘のほうにどうやら……」

「いやあ、たいへんけっこう！　さて孟《モン》さん、これ以上の手間をかけるわけにはいかない。さだめしお店に戻りたいでしょう、表通りと寺通りの角でしたな。苦みのきいた南の茶は在庫がありますかな？　ある？　けっこう！　執事に注文させましょう。脂っこい食事のあとでは最高ですよ。今回の凶行の下手人については、微力をつくして一刻も早く捕える所存です。何かわかりしだい報せますよ。ではこれで」

茶商人はふたりの知事の前で一礼し、巡査長に連れられて出ていった。狄《ディー》判事とふたりきりになると、羅《ルオ》はゆっくりと棚に本を戻し、ていねいにそろえたあと、両手を組んで丸っこい腹にのせた。眼をくるくるさせて声をあげる。

「まったくついてないねえ、大兄！　あれだけのお歴々をもてなすはめになった矢先に、ややこしい計画殺人までしょいこむとはね！　解決までこの一件はさんざんてこずるな、下手人はおそろしく切れるやつだから。やつのへまはあの帽子だけだろ、ねえ狄《ディー》君？」

4

小柄な知事が炯眼を示し
こよいの宴の趣向を語る

狄《ディー》判事はきっと相手を見た。肘掛け椅子に背をあずけ、ゆっくり頬ひげをなでる。

「ああ、羅《ルオ》、その通りだ。流れ者の賊による物盗りなどでは断じてない。よしんば、かりに宋《スン》が庭門と裏口のかんぬきとかけがねを両方とも忘れるほどうかつだったとして、開きかけた戸が夜ふけに賊の目にとまったら、踏み込む前になかの様子を探るぐらいしてもよさそうなものだ。たとえばの話、窓の障子紙に穴をあけてのぞくとか。宋《スン》が寝るまぎわなら一時間ほど待って、ぐっすり寝入ったところをみすまして、はじめて入ったはずだ」羅《ルオ》の丸顔が強くうなずくのをみて、さらに、「もっとありそうなのは、宋《スン》が帽子と長衣を脱いでねまきに着がえ、寝じたくを整えていると庭門をたたく音が聞こえた。また帽子をかぶっておもてに出て、誰かとたずねた」

「まさしく！」羅《ルオ》が言った。「やはり気づいていたか、あの室内ばきに乾いた泥がわずかについていたのを」

「ああ。戸をたたいたやつはまちがいなく宋《スン》の知人だ。門のかんぬきをはずし、すすんで中に入れたんだから。たぶん長衣に着がえる間、書斎におとおりくださいとでもいったんだろう。それで背を向けたとたんにその客が襲いかかった。宋《スン》が背を向けたといま言ったのは、傷が右耳の後ろだったからだ。それはさておき、あの帽子を床に落としたままにしたのは痛かったな。帽子をかぶって着がえるやつなどおらん。血痕をふきとって、あるべき位置、つまり寝台小机のろうそくの横にのせておけばよかったものを」

「まったくだ！」羅《ルオ》が叫ぶ。「だが、さしあたってのおもてむきは物盗りにしといたほうがいいな。めざす相手を警戒させないためにも。殺しの動機だが、脅しであっても驚かんよ、狄《ディー》君」

狄《ディー》判事は思わず座りなおした。「脅し？　どこからそんな考えが出てきたんだ、羅《ルオ》？」

小柄な知事は書棚から本を一冊手に取り、紙を一枚はさんだ箇所を開いた。

「ほらね、大兄、孟《モン》の老母は几帳面なたちで、本はきちんと整頓していた。ところがその一揃いは巻順がでたらめだ。さらに、とりわけお気に入りの詩にあたると、こんなふうな紙に必ず感想を書きつけ、詩と向かい合わせになるようはさんでおいた。だが孟《モン》さんと話すひまに何冊か見た限りでは、何枚かちがう箇所にはさまったり、お粗末にもはさむ本を間違えてるのもあったりするんだ。そりゃあ、あのうっかりやの挙人のしわざだったって不思議はないよ。だがね、本の奥の棚板には、ほこりにまぎれて最近のものらしいしみもあったんだ。私見では、下手人は室内を荒らして金品めあての浮浪者らしく見せかけたまでのこと。本当の狙いは、ある書類だった。さて、大事な書類を隠すなら、蔵書がそろった書棚の一冊にはさんでおくよりいい方法があるかい？　さらに、かりに殺人も辞さないほどやっきになる書類なら、誰かに罪を着せる内容だと思うもんじゃないか？　そこから浮かぶものといったら脅しだよ」

「いい点をついたな、羅《ルオ》」机上に小山のように積んだ手控えの束を指で軽くたたいて、判事は続けた。「ここにある手控えは、下手人のめあてが書類だったという推理を裏づけるものだ。宋《スン》の手になる史料調査の手控えで、はじめの六枚は学者らしい細かい字でびっしり書きこみがあるが、あとの五十枚ほどはまだ白紙だ。一枚ずつ番号がふってあるから、宋《スン》は几帳面な男だったんだな。だが、紙束はきちんとそろってないし、白紙の数枚に汚れた指あとがついている。つまり、下手人はこの束を念入りに調べたんだ。いったいぜんたい、どこの賊がわざわざ書類綴りなんか見ようとするか？」

大きくため息をついて羅《ルオ》が立ち上がる。

「悪党め、一晩中かけて探したんなら、くそいまいましいその書類は見つかったんだろうな、やっぱり！　だが、なんにせよ、念のためにこの部屋は一応あたってみんとまずいぞ、狄《ディー》」

狄《ディー》判事も立ち上がった。ふたりがかりで書斎の中をしらみつぶしに調べ上げた。床じゅうに散らばった書類をえりわけ、引き出しにしまい直しながら判事が言う。

「この書類はみんな孟《モン》の家族に関する請求書と領収書のたぐいだ。宋《スン》のものはただひとつ、自筆で『笛譜撰《てきふせん》』と題して落款を押したこの袖珍本《しゅうちんぼん》だけだな。見た限りでははじめて見る略字式の複雑きわまる記譜だ。十二曲ほどだが、題と歌詞は削ってある」

羅《ルオ》はずっとそれまで床の敷物の下を調べていた。身を起こしていう。

「ああそうだね、宋《スン》は笛をたしなんでいた。長い竹笛が寝室にかかっていたよ。ぼくも前に笛をやってたことがあって、それで目についた」

「こんな譜面を目にしたことは？」

「いや、いつも耳で聴けばじゅうぶんだから」羅《ルオ》がすまして答える。「さて、こんどは寝室にかからんと、狄《ディー》君。ここにはなにもない」

判事はその譜撰を袖に入れ、連れだって隣に行った。検死官が鏡台に立ったたまま、肘のそばに携帯文具一式を置いてせっせと検死報告書を書いていた。壁釘に絹の房ひもでつるしてあった笛を羅《ルオ》知事が手に取った。慣れた手つきで両袖を払い、くちびるに笛をあてる。だが、ひょろひょろした音が出ただけだった。あわてて笛をおろし、心外そうな眼をする。

「これでも昔はかなり吹いたのに、いまじゃ稽古してないからなあ。でも、きっちり巻き上げた書類を隠すにはうまい場所かな」管をのぞきこみ、がっくりしてかぶりをふった。

ふたりで行李《こうり》をあらためたが、みつかったのは宋《スン》の身分証書と、科挙にまつわる公式書類が数部だけだった。一身上の手控えや私信のたぐいはまったくない。

服についたほこりを払いながら狄《ディー》判事はいった。

「家主の孟《モン》によると、おたくの県内に宋《スン》の知り合いはないという。だが、めったに姿をみせなかったとは認めていた。食事の世話係の女中たちに話を聞くべきだろうな、羅《ルオ》」

「そちらはぜひお願いしますよ、大兄！　ほんとにもう戻らなきゃ、高名なお客人がたにご挨拶があることだしね。それに、一番めと七番めと八番めの家内がけさがた言うには、中秋節の買物のことでなにやら相談があるとかで」

「わかった、私がきいておこう」戸口まで同僚を見送って狄《ディー》判事はさらにいった。「中秋節のお祝いはお子さんたちには大ごとだろう、羅《ルオ》。何人だね？」

羅《ルオ》はにっこりした。

「男が十一人、女は六人だよ」とくいげに胸を張る。だが、ついでうなだれた。「家内が八人もいるんじゃね。まったく重荷だよ、狄《ディー》、心のってことだけど。宮仕えを始めたころは三人だけだったのに、あとは言わぬが花だよ。どこか外で誰かといい関係になるだろ、そうするとうちに入れてあずまやでもあてがったほうが早いって気がする、すると次に気がついてみると、届け出がすんで正式な妾になってるんだ！　悲しいかな、女ってやつは境遇しだいで豹変するよ、狄《ディー》。うちの八番めのやつだって、まだ舞妓で青玉楼に出ていたころは、どんなにかいがいしくていい女だったか……」ふいにぴしゃりとおでこを打った。「おっと、あぶないとこだった！　帰りがけに青玉楼に寄らんと。夕食会のために舞妓を選んでこなくては。常に自分の目で選ぶことにしてるんだ、お客に最高のものだけをお出しするのがもてなし役のつとめだから。ま、うまいことに、青玉楼はここからほんの二つ三つ先の通りだし」

「私娼窟かね？」

羅《ルオ》が眉をひそめる。「きみ、なんてことを！　ちがうに決まってるでしょ！　地元の才能仲介所と呼んでくださいよ。さもなきゃ文雅の研鑽施設とでも」

「才能仲介所でも研鑽施設でもいいが」狄《ディー》判事が受け流す、「宋《スン》挙人がここで一人きりだったからには、夜更けにそこに出かけていたかも知れんな。挙人の人相風体に合う客が記憶にあるかどうかそこのものに問いただしたほうがいいぞ、羅《ルオ》」

「ああ、そうしよう」ふいに小柄な知事の方がくすりと笑った。「今夕のちょっとした趣向についても確かめておかなくては。とくにきみのために用意したんだ」

「そんな気づかいは無用だ」判事がきつく言う。「こんな殺人事件のさなかに女と浮かれ騒ごうなどと、よくも考えられるものだな、理解を超えるといわざるを得ん」

羅《ルオ》が片手をあげて制した。「一から十までまったくの誤解だよ、大兄！　趣向というのはね、ある興味深い裁判問題をとりあげようってのさ」

「ああ。そ……そうなのか」判事は口ぶりをあらためた。あわてて続ける。「どのみちほかに裁判問題なんかいらんだろう。宋《スン》殺しでじゅうぶんすぎるぐらいだよ！　あの気の毒な挙人が地元の人間でもあれば、手がかりの目星ぐらいついたのにな。だが宋《スン》はいわば、どこぞからふってわいた人間だ、だから思うに……」

「仕事は仕事、お楽しみはお楽しみ。それは先刻承知だろ、狄《ディー》」羅《ルオ》の声がこわばる。「あの酸鼻な宋《スン》殺しは公務だがね、一方、こちらの趣向はまじりけなしに机上の話だ、法に照らした結果がどう出ようがわれわれ二人の知ったこっちゃないよ。渦中の人物にはきょうの夕食会で会えるさ。じつに難解な謎でね、興味がつきないよ！」

狄《ディー》判事は同僚を疑わしげに見た。ついで口調をあらため、「執事に命じて、ここで宋《スン》の食事係をしていた女中をつれてこさせてくれ、羅《ルオ》。それと、あとで迎えの輿をまわしてくれないか」

果樹園をぬけてさきほどの小道をたどる羅《ルオ》といれちがいに、二人の巡査が竹の担架をかついでやってきた。狄《ディー》判事が寝室に通してやる。巡査たちがむしろで死体を巻いて担架にのせるそばで、検死役人に渡された報告書に目を通した。それを袖にしまって言う。

「ここでは、致命傷の凶器は何か鋭いものとだけある。傷口がすっぱり切られてないのには気づいていた——どちらかというとぎざぎざの深い切り傷だ。のみややすりなどの大工道具はどうだろう」

検死役人が口を引き結ぶ。

「じゅうぶんありえます。凶器がみつかっておりませんので断言できませんが」

「わかった。もういってよろしい、検死役人。この報告書は私から知事に出しておく」

はた目にわかるほど背のかがんだ老人が若い娘をふたり連れてはいってきた。ふたりともじみな青衣に黒い帯を締めている。どちらかというと年の若い方はぱっとせず、背も低いが、もう片方は男好きする丸顔で、自分でもそのことはよくわかっていて人の視線に慣れている。ついてくるよう合図して、狄《ディー》判事は書斎に入った。さっきの肘掛け椅子にあらためて腰をおろしたところで、老執事が背の低いほうを前に押しやり、一礼して言った。

「これが牡丹《ぼたん》でございます。ふだんは宋《スン》さんの昼食のお世話と、お掃除やお寝間のかたづけをしておりました。もう一人が夕食を運んでおりました紫苑《しおん》と申します」

「さて、牡丹」さえない娘のほうに判事がやさしく話しかける。「宋《スン》さんはさぞかしいろいろ世話をかけたのだろうな、ことにお仲間が来たときは」

「いいえ、宋《スン》さんにお客はいちどもありませんでした。それに少しぐらい手がかかったってなんともありません、老《おお》太太《おくさま》が亡くなられてからこっち、手間いらずになってしまって拍子ぬけするぐらいなんです。ご家族のご用といっても旦那さまと一奥さまと二奥さま、坊ちゃまとお嬢さましかおられませんし。みなさんとてもおやさしい方ばかりです。宋《スン》さんもやさしくていい方でした。お洗濯してさしあげると心づけをくださったりして」

「ちょっとひきとめられて、おしゃべりすることもちょいちょいあったんだろう？」

「通りいっぺんのあいさつぐらいでした。あちらはなにしろ学のある偉い方ですから。それがあんなひどい……」

「なるほど、よくわかった。牡丹を連れていってくれ、執事」年上の娘とふたりきりになると、また口を開いた。「牡丹はうぶな田舎娘だな、紫苑。そこへいくとおまえのほうは見るからにあかぬけて世馴れた町育ちだが……」うながすように笑いかけたが、娘のほうはただただ大きな眼におびえの色を浮かべて固まっている。いきなりこう言った。

「執事さんが言ってた話は本当なんですか？　あの人、のどぶえをかみきられてたって？」

　判事が両眉をつりあげた。

「かみきられた？　なんだそれは。宋《スン》さんののどの傷は……」言葉をのみこみ、不ぞろいな傷口のありさまを思いうかべる。「つつみかくさず述べよ！」と叱りつける。「かみきられたとはどういうことだ？」

　娘はかたく握り合わせた手を見ながらうつむき、ぼそりと言った。

「宋《スン》さんには女がいたんです。あたし、通りひとつへだてたあの大きな茶館の給仕頭といい雰囲気になってるんですけど、こないだの晩、ふたりで裏の路地の角で立ち話してたら、宋《スン》さんがこっそり出てきたんです。なんか見つかりたくないって感じでした、上から下まで黒ずくめだったし」

「逢っているところを見たのか？」

「いいえ。でも二、三日前に訊かれたんです。孔子廟うらの銀細工屋で、銀線細工の玉飾りのついたかんざしはまだ売ってるかって。女に決まってます。それで……下手人もその女なんだわ」

　狄《ディー》判事がふにおちない顔をする。

「わかりやすく言うと？」静かにたずねる。

「狐だったんですよ、その女！　きれいな娘に化けてたぶらかしたんだわ。そして、意のままに操れるようになったところで、男ののどぶえをかみ切ったのよ」こばかにしたような狄《ディー》判事の笑みにもひるまない。「そいつに魅入られてたんですよ、誓います！　あの人、自分でもそのことはわかってました。だって、いちど訊かれたんです。ここいらへんに狐はいっぱいいるか、どのへんに……」

「おまえのように人並みに生まれついた娘が」判事がさえぎる。「胡媚《こび》（狐の妖術）などというたわごとを真に受けるとはなにごとだ。狐というのはただのりこうでおとなしい動物、人をたぶらかしたりはせん」

「ここの土地の人たちはそう思ってません」と、かたくなに言いはる。「あの人は雌狐に化かされてたんです、ほんとです。夜になるとあの人が笛で吹いてやってた、いろんなおかしな曲をお聞かせしたかったですよ！　聞いたこともないような節の曲が、果樹園の向こうまで届いてました。お嬢さまのおぐしをすいてさしあげてると聞こえたんです」

「家族のすまいを通りすがりに、窓からととのった顔立ちの若い娘がのぞいていた。あれが孟《モン》の娘さんか？」

「はい、きっとそうです。姿かたちもおきれいですけど、中身もきさくで気だてのいい方です。まだ十六なのに、詩がとってもおじょうずだって皆さん言ってます」

「話を戻しておまえのいい人についてだが、紫苑。勤め先の茶館に宋《スン》さんがあらわれたことは？　さっきの話だと、ここからは目と鼻の先にあるそうだが」

「ないです。どこでも見かけたことはないって言ってました。彼、このあたりの茶館や酒場のことならすごく詳しいんです――詳しすぎるぐらい！　お願いですから、旦那さまには彼のこと黙っててください。すごく頭が古いんです、だから……」

「心配するな、紫苑。伏せておく」判事が立ち上がった。

「ごくろうだった」

おもてに出ると、執事に命じてさっきの大門まで案内させ、門前で待っていた小さな轎《かご》に乗った。

政庁に戻る道すがらあらためて思い返してみると、どうやら蒲陽《プーヤン》に戻るまえに挙人殺しの下手人があがることはなさそうだ。これまでみるところ、一から十まで時間のかかる厄介な事件だ。ま、羅《ルオ》知事ならなんとかするだろう。現場検証もそつなくこなしていたし、炯眼の持ち主でもある。おそらく、下手人を捕らえてみれば家のうちの者であっても不思議はないということもわかっているだろう。下手人が外から押し入った流れ者の賊だと信じ込ませようとするあまり、あの茶商人は少々むきになりすぎていた。興味深い可能性はいくらでもある。

さきほどの六枚、字があるほうの手控えを袖からとりだし、たんねんにひととおり読んだ。そのあとは座席に背をあずけて物思いにふけりながら口ひげをひっぱる。むだのない書きぶりだった。二百年前の農民反乱について、正史に載ってなさそうな首謀者たちの名と、当時の県の財政状況についての情報が記されている。だが、宋《スン》が二週間というもの公文書保管庫に通いつめて午後中ずっと過ごしていたことを思えば、もっとはかばかしい収穫があってもよさそうなものだ。史料調査はおもてむきの口実で、金華《チンフア》に来た目的はまったく別のところにあったという線はどうか、ひとつ羅《ルオ》に水を向けてみよう。

胡媚《こび》の迷信がこの県であれだけ根強いのも妙な話だ。妖狐の俗信ならなにもこの土地に限ったことでなし、狐が若い美女に化けて若者をたぶらかすとか、人品いやしからぬ老人に化けてうぶな娘を道に迷わせるという昔話なら、市場のおしゃべり雀どもの舌先三寸にかかればとほうもない話にふくらむものだ。そうかと思えばれっきとした古典にこうある。狐の通力は邪魅をもしのぐゆえに、胡仙《こせん》すなわち霊狐をまつる祠が古い宮殿や役所にしばしば見受けられる。邪を祓うとされ、わけてもお上の権威を象徴する官印の守り神だという。そういえば、わが同僚どのの官邸にもそんな祠があったようだ。

羅《ルオ》一流のおふざけにはこれっぽっちも気を許していないので、こよいの趣向にはたして何が出るやらと内心不安にかられる。今度は何をしでかす気だ、まったく！　羅《ルオ》のやつ、客のひとりがなにやら裁判沙汰に巻きこまれていると匂わせていた。ならば博士や郎中ではあるまい。ともに官位といい文名といい立派なものだ、よほどのことがないかぎり、その名望にものをいわせてあっさりもみ消せるはず、裁判沙汰などどこ吹く風だ！　となると、残るはあの謎の導師だけだが。ま、おっつけわかるだろう。判事は目をつぶった。

5

貴賓のもとを巡りて来《きた》る
渇いたのどに茶は来《きた》らず

羅《ルオ》の住まいに面した公文書庫の広い回廊をたどりながら狄《ディー》判事がちらりと目をやると、高い机に調書や書類をうずたかく積み上げ、十数人の書記がせわしなく筆を動かしていた。政庁というのは県全体の行政の中心なので、裁きだけでなく誕生、婚姻、死亡や土地売買などの各種届け出をおこなう役所でもある。さらに、土地税はじめ各種の徴税責務もある。回廊のはてにある法廷の格子扉を通りすがりに、机にかがみこむ高《カオ》助役の姿が扉越しに見えた。面識はあるが、高《カオ》と話をしたことはない。ふと気が向いて扉を押し、どこもかしこもきちんと片づいた執務室に入った。

高《カオ》が目を上げ、あわてて立ち上がった。

「どうぞおかけくださいませ、閣下、お茶でもお持ちしましょうか？」

「おかまいなく、高《カオ》さん。すわってもいられんのだ、官邸の方でお待ちだから。宋《スン》の現場検証の話は、羅《ルオ》知事から聞いとるか？」

「あるじは大急ぎでお客さまのところにうかがいました。こちらにはちょっと寄って、宋《スン》が殺害されたので身寄りの者を知らせてほしいと都の吏部《りぶ》にあてて手紙を書くよう命じられただけです」判事に草稿を渡してこう言う。「埋葬に関しても、身内の者に要望を確かめてほしいと書き添えておきました」

「上出来だ、高《カオ》さん。それと記録の手続き上、あの挙人の身もとについて情報が欲しいとも書き送ったほうがいい」

高《カオ》にその草稿を戻してつけくわえる。「孟《モン》さんの話では、宋《スン》を引き合わせたのはあんただそうだな。あの茶商人とは親しいのか？」

「はい、さようで。五年前、わたくしが州役所からこちらに移ってまいりましたとき、地元の棋院《きいん》で知り合いました。それで毎週のようにそちらで顔をあわせて対局いたします。高潔な人となりはじきにわかりました。いささか昔かたぎですが、頑迷なところはございません。それに、将棋がたいそう強うございます！」

「昔かたぎなら、孟《モン》さんは家のうちをゆるがせにしないだろうな。表ざたにできんような自堕落なうわさがたつこともなく……」

「断じてございません！　まさに理想の家庭と申せます。孟《モン》さんをお訪ねした時、まだお達者だったころの老太太にひきあわされました。地元では閨秀詩人の文名高い方で。それに、子息はできのいい若者で、まだ十四だというのに県学の最高学年におります」

「そうだな、孟《モン》さんには私も非常に好感を持った。さて、いろいろありがとう、高《カオ》さん」

助役はわざわざ狄判事《ディー》を案内して官邸の立派な正門をくぐった。狄判事《ディー》がまさに門をくぐろうとしかけたとき、肩幅の広い士官が出てきた。黒に赤い縁取り長衣という州役所のお仕着せに、衛士隊長の赤いふさが鉄かぶとから長く垂れている。広刃の剣を紐で背負っていた。州長官からのことづての有無をたずねようと近づいた判事だったが、士官が首にかけた青銅円牌を見て思いとどまった。特命を帯びて都まで罪人を護送するしるしだ。背の高いその士官は急ぎ足で院子を横切り、高《カオ》助役を追い越した。金華《チンフア》を抜けて護送されるとはどんな重罪人なのだろうと、思うともなしに思う。

第一院子の右棟に出て朱塗りの狭い戸を開け、羅《ルオ》からあてがわれた院子に出る。いささか手狭だが使い勝手はよく、高い塀が四方をさえぎり、人目を気にせず静かにくつろげる。ゆったりした寝室兼居間の手前に側廊がのび、きざはしを二段おりれば色とりどりの甃《いしだたみ》を敷きつめた方形の院子に出る。庭の中央に、岩を背にして小さな金魚池があった。側廊のひさしを支える朱梁の下でしばし足を止め、目を楽しませる。岩深く食いこんだ苔はこんもりとゆたかに、翠緑したたる篠竹の茂み、小さな植え込みには真っ赤な実がたわわに光る。庭塀のむこうに官邸をとりまく園林の楓がすっくとのび、そよ風に葉ずれの音をさせて、揺れる葉が赤、茶、黄色と鮮やかな秋の色にひらめく。もう四時ごろだろうか。

きびすを返し、朱塗り格子をはめた引き戸を開けて入り、まっすぐ脇卓の茶籠にむかった。ひどくのどが渇いたのだ。それなのに一滴もなかった。まあいい、お茶ならこれから訪問する二人のところで出てくるだろう。それより今は着がえをどうするか決めないと。博士も郎中も年齢官位ともに判事より上なので、表敬訪問ならこのまま官服で行ってしかるべきだ。いっぽう、二人とも現在は官職にない。博士は一年前に引退し、張《チャン》は心おきなく私家集自撰にかかるため、宮中を辞した。そんなところに堅苦しい官服であいさつに行ったりしたら、へたをすれば官職にある身をひけらかす嫌味ともとられかねない。ため息とともに昔のことわざが浮かんだ。「官に近づくは虎鬚《こしゅ》に触るより危うし」

結局、二藍《ふたあい》の長袖長衣に幅広の黒帯をあわせ、高い紗帽をかぶることにした。重みはあるが控えめなこの服装が好感を与えるよう願いながら、おもてに出た。

すでに気づいていたことだが、判事の客室はじめ前院子の棟は平屋建てなのに、奥の院子はみな広い露台《バルコニー》が上階をとりまく二階建てだ。正院子奥に二階の露台が見え、女中や侍童がおおぜい出たり入ったりしている。どうやらこよいの夕食会のしたくらしい。同僚どのの邸はどう見ても使用人が百人をくだらない。そのうえ、こんな豪邸をきりもりする出費となると、考えただけで身震いするほどだ。

小者を呼び止めると、羅《ルオ》知事は第二院子左棟にある書斎を博士に明けわたし、郎中には右棟の角部屋にお入りいただいたと教えてくれた。まずは書斎に案内させる。きれいな彫刻の扉を叩くと深みのある声が響いた。「入れ！」

一瞥したところ、羅《ルオ》がしつらえた書斎は見るからに居心地がよさそうだった。贅沢な広い部屋の大きな格子窓は凝った幾何学模様で、外にしみ一つない紙が貼ってある。ふたつの壁面いっぱいに本がずらりとならぶ立派な本棚がすえつけられ、そこここに壁龕《へきがん》をもうけてすばらしい骨董の鉢や花瓶が飾ってあった。むくの黒檀に彫刻を施した家具、色とりどりの大理石板が天板にはめこまれた卓、椅子のしとねは赤い絹だ。本棚の真正面に、黄白の菊をたっぷり活けた黒檀花台つきの大花瓶を両脇にしたがえた長椅子がどっしりとおさまっていた。そこで、肩幅が広くたくましい男が本を読んでいる。本を置くと、もの問いたげなまなざしで、ゆたかな眉を片方だけ上げた。襟元をくつろげた縹《はなだ》色の寛衣に、とろりとした琅玕《ろうかん》玉を正面に嵌め込んだ黒絹のつばなし帽。長い腰帯は先が床につくほどだ。えらのはった幅広い顔に、宮中の流行《はや》りどおりにそろえた短い頰ひげと口まわりのひげ。博士はそろそろ六十に手が届くのだが、口ひげも頰ひげもまだ漆黒だった。

狄《ディー》判事は歩み寄って深々と一礼し、うやうやしく赤い名刺を両手で捧げた。博士がさっと目を通す。名刺を広袖にしまって、とどろくような声で言った。

「それではきみが蒲陽《プーヤン》の狄《ディー》か？　ああ、泊まっていることは若い羅《ルオ》から聞いた。いいうちだな。ゆうべ泊まった狭苦しい官旅よりましだ。会えてうれしいよ、狄《ディー》。蒲陽《プーヤン》のあの寺を一掃した手ぎわは見事だった。あれで宮廷にだいぶ敵を作ったが、味方も増えた。敵と味方があってこそ男だ、狄《ディー》。やみくもに付和雷同したとてせんないこと、立場をなくすだけだ」立ち上がって書物机に近寄る。肘掛け椅子についで低い足台を指さした。「ま、その向かいにでもかけたまえ！」

判事は腰をおろして鄭重に口を開いた。

「多年のあいだ、閣下にご挨拶申し上げるおりを切望いたしておりました。いまようやく……」

博士は形のいい大きな手を振った。

「そういうのはすべて抜きにせんか？　ここは宮廷じゃないんだ。しろうと詩人の内輪の会にすぎん。きみも詩をやるんだろう、狄《ディー》？」

黒目のはっきりした大きな目を判事にすえる。

「いえ、ほとんど」判事がおずおずと答える。「むろん、平仄《ひょうそく》の手ほどきは科挙の受験でいやおうなく受けました。それにご高撰の古今名詩集はひととおり拝読しております。ですが、自作の詩は一篇しかございません」

「たった一篇で不朽の名をのこした詩人は多いぞ、狄《ディー》！」

博士は青磁の大きな茶びんを手近に引きよせた。「きみのほうは、むろん済ませとるな」茶碗に注いだ茉莉茶《ジャスミン》の高い香気がふわりとたちのぼり、狄《ディー》判事の席まで届いた。二口、三口すすってふたたび口を開く。「さて、その詩題を教えてくれ」

からからの喉を咳払いであけて、判事は答えた。

「農事詩でございます。農民への教えを季節ごとにわけて、百行にちぢめようといたしました」

博士がけげんな顔をする。

「ああそう、ふうん。それでそういう、その……独自の題

さきの祭酒《さいしゅ》にあいさつ

を選んだのは？」

「詩にすれば韻律がございますから、無学な田舎者どもの頭にも覚えやすいのではと愚考いたしまして」

　相手が微笑した。

「凡百はまさに愚考というだろうな、狄《ディー》。だが、わしはちがうぞ。事実、詩は覚えやすい。韻のせいもあるが、人間の血管を打つ脈に詩の律《リズム》が応じるからというのが主な理由だ。律《リズム》こそなべてのよき詩よき散文の骨子をなすもの。その詩から数行ほど引用してみせよ、狄《ディー》」

　判事は気まずそうに座席でもじもじした。

「ありていに申し上げますと、それを書きましたのは十年以上前のことでございまして、すぐには一行も思い出せないかと。ただ、もしおよろしければ写しをお送りいたしますが……」

「ああ、べつにいい、狄《ディー》。言わせてもらえば駄作に決まっとる。かりに数行でもみどころがあれば、作ったやつが忘れたりするものか。なあきみ、かの『七軍の士卒に与ふる勅諭』を読んだことはあるかね？」

「そらで覚えております！」判事が声をあげた。「腰がひけた軍にくだされた、懦夫《だふ》をも起たしむるあの勅書こそ、戦の流れを変えたのでございます！　荘重なるあの冒頭……」

「まったくだ、狄《ディー》！　あの勅書は忘れようにも忘れられん、すぐれた散文だからだ。その律《リズム》は、将軍から兵卒にいたるまで男という男すべての腕に脈打つ。だから帝国全土でいまにいたるまで愛誦されておるのだ。ちなみにいうと、陛下のためにあれを起草してさしあげたのはわしだ。さて、狄《ディー》、こんどは地方行政について見解を聞かせてくれ。官途についた若いのと話すのはいつだって楽しいものだよ。かねがね思うんだが、宮廷の要職にあると、なにかにつけ弊害がいろいろあるが、地方役人との接点が絶無というのもそのひとつだ。わけても県政問題には興味があってな、狄《ディー》。行政府でいえばむろん最下層、とはいえ大事な土台だ」狄《ディー》判事がうらめしく見守るなかで悠然と茶を飲み干し、ていねいに口ひげをふいたあと、笑顔で昔を懐かしむ。

「ほかならぬわしも県知事から始めたんだよ！　だが赴任は一度きりで、その後に裁判改革記録をものして南方の州長官に抜擢された。次の任地がまさしくこの州だったんだ！　大変な時だった。例の九親王が叛旗をひるがえしたころだから二十年前だ。それが今やこうしてその旧王府におるんだからねえ！　まさに十年一日だよ、狄《ディー》。それでだ、その後に古典註解を何冊か出したところ、国子監《こくしかん》博士をおおせつかった。陛下の西方巡幸に供奉を許され、旅の道中で作ったのがあの『四川回峰詩集』だ。代表作だと今も思っとるよ、狄《ディー》」襟もとをくつろげ、太くたくましい首をあらわにした。若き日の博士が拳法や剣術でも名をはせたことが思い出された。机上にひろげた読みかけの本を手にとる。

「羅《ルオ》の書棚にこれがあった、黄《フワン》顧問官の四川名勝詩選だ。わしとまったく同じ場所を見て回っとる。それぞれの印象を見比べてみるとじつに面白い。この詩なんかじつにうまいが……」本にかがみこみ、ついでかぶりをふる。「いやだめだ、このたとえは真に迫っておらんし……」ふと相手のことを思い出し、目を上げて笑いかける。「こんな話でいつまでも引きとめては悪いな、狄《ディー》！　夕食前に、さだめしいろいろ用事があるだろう」

狄《ディー》判事は立ち上がった。博士も腰を上げ、相手の固辞をよそに戸口まで見送った。

「いやあ、話せてじつに楽しかったよ、狄《ディー》！　若い役人《やつ》の意見に耳を傾けるのはいつでも望むところだ。新たな視点というやつを与えてくれるからな。では、夜にまた！」

狄《ディー》判事は右棟に急いだ。のどがからからで、さっきからお茶がほしくてたまらない。側廊ぞいに扉がいくつもあり、郎中の居室のありかを教えてくれそうな小者を探したが誰もいない。すると、側廊のはずれにいたやせた男が目にとまった。色のさめた灰色の長衣で、花崗岩の水盤に泳ぐ金魚にえさをやっている。黒い平帽に細い赤糸の飾り縫い。たぶん同僚どのの小者頭のひとりだろう。寄っていってたずねる。

「張攬博《チャンランボウ》さまはどちらにおいでか、教えてもらえんか?」

相手が顔を起こし、妙にすわった半眼で上から下までじろじろ見た。それから、まばらな灰色のあごひげの上で薄い唇のはしを上げて照れ笑いし、生気にとぼしい声で言った。

「ここだよ。じつはわしが張攬博《チャンランボウ》だ」

「これは、ひらにご容赦を!」狄《ディー》判事はあわてて袖から名刺をとりだすと、最敬礼してさしだした。「ご挨拶にうかがいました」

血管が青く浮いてやせさらばえた片手でその名刺をつかみ、うわのそらで眺めた。「お心遣《づか》いいたみいる、狄《ディー》君」棒読み口調で言う。水盤をゆびさし、それまでより生き生きと、「その隅の水草にもぐった、小さな魚を見てごらん! 大きな出眼がふしぎそうにしとる、わかるかね? じっと見とると、どうしたってわしらと重なるねえ……わけもわからず眺めておるところなんか」そののち、はればったいまぶた越しにすくい見た。「いや、失敬。金魚を飼うのは道楽のうちでね。つい礼儀そっちのけになってしまう。いつこちらに、狄《ディー》君?」

「おとといからです」

「ああそうそう、州長官が当地で県知事会議を開いたんだったな。金華《チンファ》滞在をぜひ楽しんでくれたまえよ、狄《ディー》君。なにぶん、ここはわしのふるさとなのでね」

「美しいまちですね。しかも、ご当地が誇る頭脳明晰な名士にまでお会いする機会を得まして、まことに……」

詩人はかぶりをふった。

「いやいや、明晰とはいかんよ、狄《ディー》君。あいにくだがもう無理だね」金魚のえさを入れた小さな象牙の箱を袖にしまった。「すまんな、狄《ディー》君、今日はちょっと本調子じゃなくて。祖廟にお参りしたら、過ぎた昔をすっかり……」言葉を切り、目がたゆたう。「今晩の夕食ごろにはちっとは元気になっとるよ。でないと困る、友人の博士どのときたら、いつもわしに文学論議をふっかけるんだ。あれこそまさに博覧強記でね、狄君《ディー》、そのうえ表現と文体にかけては並ぶもののない権威だ。ちと横柄ではあるが……」ふいに心配そうにたずねる。「ここの前に、あちらはすませてきたんだろう？」

「はい」

「ならいい。くれぐれも言っとくがね、飄逸なふうを装っとるが、邵《シャオ》は自分の体面にえらくこだわるし怒りっぽいたちだ。今夜の夕食会はきみもきっと楽しめるよ、狄君《ディー》。魯《ルー》導師がおるんじゃ、退屈しようったって無理というものだが！　それにまれなる光栄だね、今や一気に悪名高くなった高名なお仲間に会えるとは。これはどうでも……」はたと片手で口をおおった。「うっかり口をすべらすとこだった！　きみには絶対内緒なんだ、われらが羅君《ルオ》との約束でね。ちょっとした不意打ちが好きなんだな、たぶん言うまでもないだろうが」片手でつるりと顔をなでる。「さて、立ち話でお茶も出さんで悪いことをした。おそろしく疲れとるんでね、狄《ディー》、夕食前にちょっと横にでもならんことには。昨夜はろくに眠れなかった。官旅はざわざわしとったし……」

「さようでしょうとも、よくわかります」うやうやしく拱手《きょうしゅ》して一礼すると、判事はその場をあとにした。

側廊をたどりながら決めた。おえらがたへの挨拶回りをすませたからには、今度はなんとか羅《ルオ》をつかまえて孟《モン》家の女中の話を伝えなくては。それに、今度こそお茶にありついてやる！

6

知事は憤懣やるかたなく
暦の不出来をあげつらう

狄《ディー》判事は助役の執務室に行き、羅《ルオ》知事はお手すきかと高《カオ》にたずねた。ものの数分で助役が戻ってきた。

「あるじが喜んでお会いすると申しております。専用の執務室はこの奥でございます」おずおずした目で言う。「少し励ましていただけるとありがたいのですが！」

小柄な知事は磨いた黒檀の巨大な机について、ふかふかの肘掛け椅子に腰をおろし、書類の山を前にふさぎこんでいた。判事の姿を目にするや、席からとびたつようにして叫ぶ。

「ひとりよがりな礼部《れいぶ》の暦官どもめ、どいつもこいつもまとめて袋づめの刑にするがいいんだ、狄《ディー》。やつら、仕事がわかってない。あほうどもめが、よりにもよって今日という日が黄道吉日《こうどうきちじつ》だとぬかす！ それでいて、昼までやることなすこと裏目に出てばっかりだ！」また腰をおろし、ただでさえ丸い頬をふくらましてむくれる。

狄《ディー》判事は脇の肘掛け椅子におちつき、綿をつめた茶籠のお茶をついだ。むさぼり飲んでもう一杯いれ、満足の吐息をついて椅子にもたれると、だまって同僚のぐちに耳を傾けた。

「まずはあの宋《スン》挙人のひどい殺しだろ、たっぷりした食事のあとであれだもの、消化もなにもあったもんじゃない。お次は青玉楼のおかみ、花形舞妓のかげんが悪いとさ。今夜の宴は二流どころで間に合わせるしかないね。とりの踊りはかろうじて小鳳《しょうほう》とかいうやつを押さえたんだが、見ためがどうもいまいちでねえ。まぬけ面に、豆蔓《まめづる》の添え木も真っ青の鶏《とり》がら女なんだよ！ その茶籠をこちらにもくれないか」狄《ディー》判事と自分の茶碗につぎ、ちびちびやりながら続ける。「とどめに、きみへのとっておきがおじゃんになっちゃった。博士も郎中もがっかりなさるだろうよ。おかげで夕食は五人、ぼくときみ、ほかに邵《シャオ》、張《チャン》と魯《ルー》導師ですよ。食卓をかこむ人数が奇数なんて縁起が悪いったらありゃしない。それなのに、暦じゃ上上大吉とはっきり出とるんだからね。はん!」手荒に茶碗をおき、いらだちまぎれにたずねる。「で、このたびわれわれが抱えた殺人事件のことで、なにか報せでもあるのかい? 巡査長が数分前に報告に寄ってね、鋭意聞き込み中だが、金遣いが荒くなった地元のごろつき云々の線はまだ浮かんできてないとさ。おおかたそんなことだと思ったよ」

判事が三杯目を飲みほした。

「身の回りの世話をしていた女中の一人によると、以前に宋《スン》はこの町にきたことがあったようだ。それにどうやら、この土地に女がいたらしい」

羅《ルオ》がしゃんとした。「くそっ! だが、いずれにせよ青玉楼ではないな。女どもに人相風体を話してやったら口をそろえて、そんな人見たこともないだって」

「二番めに」狄《ディー》判事が続ける。「宋《スン》がこの町にきたのはどうやらある内密の目的のためで、史料調査とやらは単なる口実にすぎんのではないかと思われる」袖からあの手控えをとりだして羅《ルオ》に渡した。「二週間もかけて書いたのに、この六枚が全部だ!」羅《ルオ》がさっと目を通し、うなずいたところで判事が続けた。

「午後になると宋《スン》が欠かさずおたくの公文書保管庫に通ったのは、ただのみせかけだ。真の目的のほうには夜にまぎれて出かけていた。黒ずくめで人目を忍ぶ外出姿を女中が目撃している」

「行き先と内容については何の手がかりもないのかい、狄《ディー》?」

「ない。その女中はすぐ近くの給仕を知ってるんだが、どうやらいっぱしの遊び人らしい。そいつがいうには、その界隈で宋《スン》を見かけたことはないそうだ」せきばらいをする。

「その女中はかたくなに胡媚を信じていてね。宋《スン》の女はじつは狐が化けたもので、そいつにとり殺されたんだとあくまで言いはるんだ！」

「そりゃそうさ、地元の言い伝えに狐は欠かせないよ、狄《ディー》。この官邸にも胡仙祠があってね、邸の守り神とされてるんだ。まちの南門付近の荒地に大きい祠がある。そこには出るそうだ。ま、本件から迷信は外したほうがいいよ、狄《ディー》。それでなくたって大変なんだから！」

「そいつはどうだろう、羅《ルオ》。内部の犯行も可能性のうちだったな？」

「そのとおり。孟《モン》の評判は申し分ないが、だからって容疑者から外すわけにはいかないさ。あの挙人とは以前来たときに知り合ってたとしてもおかしくないし。それに死体を見つけた直後の孟《モン》の行動ときたら、狄《ディー》、捜査は自分がやるといわんばかりだよ。われわれに自分の推理を押しつけようとやっきになってたじゃないか。あの界隈を回りこんで自分のうちの庭門を叩くぐらい、孟《モン》には朝飯前だろう。それに、宋《スン》に女がいたっていう、こんどの話は気に入らんな。まったく気に入らん。女ってのはじつにどうも災いの種だね」ため息をつく。「ま、いずれにせよ明日は政庁業務はなしだ、中秋節だからね。せめて多少なりと息抜きできるさ、ふたりとも」

羅《ルオ》が自分用にもう一杯お茶を注ぎ、うっそりと黙りこんだ。

今後の進め方について、狄《ディー》判事が目顔で羅《ルオ》をうながした。かりにこれが蒲陽《プーヤン》なら、すぐさま三人の副官馬栄《マーロン》、喬泰《チャオタイ》、陶侃《タオガン》にあの茶商人の近所を回らせ、孟《モン》本人や家族や間借り人についての情報を集めさせるところだ。捜査経験ゆたかな士官の腕しだいで、八百屋や魚屋や肉屋からそれこそ目をみはるほどの情報をひきだせる。それに轎夫《かごかき》や人夫たちがたむろする安屋台も見落とせない。同僚がふさいだままなので、水を向けてみた。

「今夜のところはわれわれにはなにもできん。夕食会だからな。突っ込んだ聞き込みをさせに、おたくの政庁から部下をやったのか？」

「いや、狄《ディー》、政庁で雇ってる部下は日常業務だけなんだ。内々の聞き込みはうちの老執事に差配させてる」狄《ディー》判事のびっくり顔をみて、あわてて続けた。「あのおやじは生まれも育ちもここでね、まちのことなら掌《たなごころ》をさすようによく知っとるんだ。遠縁のものが三人いてね、口から先に生まれたような連中で、質屋と銀細工屋と市場で繁盛してる食堂でそれぞれ働いとるんだ。私の自腹で報酬をはずんでやって、おとり兼密偵役をやらせとるよ。じつにうまい具合にやってる。あわせて、助役はじめ残りの政庁職員の素行にも目を光らせとるって寸法さ」

判事は深くうなずいた。自身は老いた洪《ホン》相談役と、三人の副官たちに全幅の信頼を置いている。だが、知事の仕事はそれぞれの裁量に任されており、羅《ルオ》流のやり方がさして悪いとは思えない。とくに、羅《ルオ》の執事の策略にたけた曲者ぶりは、以前に金華《チンフア》を訪問したさいにわかっている。「もう執事には話したのか……」言いかけると扉を叩く音がした。巡査長が入ってきて述べる。

「幽蘭《ゆうらん》なる女がお目通りを願っております、閣下」

羅《ルオ》の顔がぱっと満面の笑みに輝いた。机にこぶしを打ちつけて叫ぶ。「考え直してくれたんだ、きっと！ ことによると今日はやっぱり黄道吉日かもしれん！ ただちにご案内しろ！」もみ手をしいしい狄《ディー》判事に、「ちょっとした趣向がようやくお出ましになりましたよ、大兄！」

狄《ディー》判事が両眉を吊り上げる。

「幽蘭《ゆうらん》？ 何者だ？」

「きみねえ！ 犯罪捜査じゃ当代きってのひとりだろ、世間を騒がせた白鶴観《はくかくかん》の女中殺しを聞いたこともないっていう気かい？」

狄《ディー》判事は息をのみ、背筋をこわばらせた。

「なんたることだ、羅《ルオ》！ まさかあの、女冠《じょかん》（道教の尼）が下女を鞭で打ち殺した忌まわしい一件ではあるまいな？」

羅《ルオ》が得意げにうなずく。

「まさかもまさか、そのご当人だよ！ 古今を絶する幽《ゆう》蘭《らん》ですよ。芸妓にして閨秀詩人の女冠。その名も高い……」

狄《ディー》判事がみるみる面《おもて》に朱を注《そそ》いだ。

「見さげはてた人殺し女だ！」憤懣をぶちまける。

ふくよかな片手をあげて、知事がなだめにかかる。

「まあまあ狄《ディー》、どうか頼むよ、ここはひとつ冷静に！　第一に思い出してほしいんだが、あれはぬれぎぬだってことで、文人の間じゃ一致してなかったかい？　事件は県から州に回され、さらに府へと順送りにされたが、だれも裁きをくだすにはいたらなかったんだぞ。それでこのたび都に護送され、中央法廷で裁かれることになったんだ。第二に、学識にかけては、おそらく帝国中であの女の右に出る閨秀はおるまい。博士も郎中もよくご存じでね、護送役人に命じてこの官邸に二日間滞在させるよう計らったと申し上げたら、お喜びになっていたよ」ひと息入れて、口ひげをひっぱる。「だが今日の午後、青玉楼の裏に出向いて、護送役人と一緒の宿を訪ねたらすげなく申し出を断わられた。身の潔白が晴れるまでは昔なじみに会わす顔がないだって。ぼくの身にもなってくれたまえよ、狄《ディー》！　当の被告を相手に、今年いちばんの話題の事件を論じ合う機会をきみにあげられればと思ってたのに。三つの法廷尋問を翻弄した刺激的な謎を提供するつもりだったんだ。いわばお盆にのせてさあどうぞってね！　だってきみ、詩にはあまり興味ないだろ、狄《ディー》。だけど、それでもみんなと同じに楽しんでほしかったんだ！」

狄《ディー》判事は長いひげをなで、胸のうちでその殺人事件を詳しく思い返したあと、一笑にふした。

「気をつかってもらって本当にうれしいが、羅《ルオ》。それでもあの女はごめんこうむるよ。謎解きならもう……」扉が開いた。巡査長が通したのは、黒衣に黒い上衣をはおった大柄な女だった。頭から狄《ディー》判事を無視してすたすたと羅《ルオ》の机に歩み寄り、深みのあるまろやかな声で話しかける。

「気が変わったと申し上げにうかがいましたの、知事さま。ご親切なお招きをお受けいたします」

「いやあ、すばらしい！　お目にかかれるというので邵《シャオ》も張《チャン》も楽しみにしておりましたよ。魯《ルー》導師もいらしてます。それともうひとり、あなたにぞっこんな人物をご紹介しましょう。こちらは友人の狄仁傑《ディーレンチエ》、隣の蒲陽《プーヤン》県知事です。きみ、かの大幽蘭《ゆうらん》をご紹介するよ！」

女は長いまつげの表情豊かな眼をおざなりに向け、うわのそらで一礼した。判事がかるく会釈を返すと小さな知事のほうにまた目を戻した。知事のほうは後房《こうぼう》で妻たちの隣にしつらえた客院子のようすをこまごまと話しはじめている。

狄《ディー》判事の見るところでは三十ぐらい。かつては目のさめるような美人だったに違いない。今でもまだまだ華やかだが、両目の下がたるんで大きな袋になり、長い三日月眉の間に深いたてじわが刻まれ、豊満なくちびるの両脇にちりめんじわが見える。紅おしろいのかいなく青ざめた顔に、唇だけが血のように赤く浮いている。みどりの黒髪を高く上げてつややかな三つ輪に結い、飾りのない象牙のかんざし二本で留めている。ぴったりした黒衣が、胴は細いがどっしりと豊満なからだつきをいっそうあらわに見せる。机に身をかがめて自分でお茶をついだとき、すんなりした白い手には指輪も腕輪も光っていなかった。

「いろいろと本当に恐れ入ります。ご厚意、いくえにも御礼申し上げます」

こう言って、とうとうと述べるもてなし役をさえぎった。ほのかに顔をほころばせ、「それよりなによりなんと御礼申し上げてよいやら、まだ友人がいるとお教えくださいまして！　この数週間でひとりもいなくなったものと、あきらめかけておりました。夕食会から参りましたらよろしいんですのね？」

「そうです。とはいえこの官邸で、いたってこぢんまりしたものですが。明晩は碧崖《へきがい》に参って、ともに中秋節の祝宴をはりましょう！」

「あら、素敵ですわ、知事さま。とくに六週間というもの、あちこちの牢で過ごしたあとでは。それは、扱いは鄭重でしたけれども……そうはいってもねえ。さて、巡査長さんにご案内いただいて、後房《こうぼう》の女中頭にお引き合わせいただけますか。ゆっくり休ませていただいて、夕食前に着がえもしなくては。盛りを過ぎた女といえど、そういうおりにはせいいっぱい装いを凝らしたいと思うものですのよ」

「もちろんですとも！」

羅寛充《ルオクワンチユン》が声をはりあげる。「お好きなだけごゆっくり！　夕食は遅めに始めましょう。ゆっくり始めて、夜更けまで歓をつくそうじゃありませんか。古式ゆかしくね！」

知事が手を叩いて巡査長を呼ぶと、女詩人がこういった。

「ああ、そういえば小鳳《しょうほう》を一緒に連れて参りましたの。踊らせていただくはずの広間を見たいと申しますものですから。さすがはお目が高いですわ、知事さま」入ってきた巡査長に「あの妓《こ》をここへ！」

十八ぐらいのやせぎすな娘が入ってきて、うやうやしく腰をかがめて膝を折った。じみな濃紺の長衣に、蜂のような細腰を赤い飾り帯できゅっとしめている。羅《ルオ》知事がしわを寄せてうすい眉をしかめ、批判がましくじろじろ見る。

「ああ、来たか」どっちつかずな言い方だった。「うむ、まあ、うちの広間に不足はないと思うがな」

「意地悪はおよしあそばせ、知事さま！」女詩人がそっけなくさえぎる。「この妓《こ》は踊りに打ち込んでおりますので、こちらの広間の大きさに応じて踊るつもりですのよ。こよいの演目はあのすてきな曲、《紫雲鳳《しうんほう》》ですの。十八番《おはこ》ですし、題もこの妓《こ》の名にぴったりでございましょ。ねえあなた、いいからいらっしゃい、おどおどしないで！　肝に銘じておきなさい、若い美人というのはね、どんな身分であろうと殿方を恐れる必要なんかないのよ」

舞妓が眼を上げた。動きのない風変わりな顔が印象に残る。とがった長い鼻に、きつくつりあがった大きな目がどんよりしてお面のようだ。なめらかに秀でたひたいをあらわに髪をひっつめ、細長いうなじであっさりまとめている。いかり肩に骨と皮で長いばかりの腕、男か女かどっちつかずの妙な雰囲気だ。同僚どのがいまいちだと言ったのもよくわかる。なよなよと女らしい華やかな女が羅《ルオ》の好みなのだ。

「つたないわざで恐れ入ります」舞妓が聞きとれないほど低い声で言った。「このようなおえらがたの前で踊らせていただくなど、まことに身に余る光栄でございます」

女詩人がその肩をぽんと叩いてやる。

「そう、それでいいのよ、あなた。それではこよいのお夕食の席でお目にかかりますわ、皆さま！」

また形ばかり頭をさげ、おどおどした舞妓をしたがえて大またにさっさと出ていった。

羅《ルオ》知事がもろ手をあげ、大声で、

「じつに、天に何もかも与えられたとはあの女のことだよ！　絶世の美貌、卓絶した詩才、強い個性。ああ惜しいかな、かなうことなら十年前に会いたかった！」悲しげにかぶりを振って引き出しを開け、ぶあつい身上調書を出した。手短に、「あの殺しの関連書類一式の写しを集めといたよ、狄《ディー》。白鶴観での殺しの状況をひととおり頭に入れときたいだろう。あの女の経歴についても、ご参考までに短い覚書《おぼえがき》をつけといた。さ、どうぞ。夕食までに眼を通しとかんと」

狄《ディー》判事はちょっと感動した。同僚どのは客の自分を退屈させまいとの一心から、本当にあらゆる手間を惜しまなかったのだ。ねんごろに言った。

「こんなに気をつかってくれてすまんかったな、羅《ルオ》君！　きみぐらいのもてなし上手はいないよ！」

「なんのなんの、大兄！　どうってことないですよ！」ちらりと判事を見て、ちょっと気がさしたように言い添えた。「ええと、これだけは白状しとかんと、狄《ディー》君。本当はちょいと下心もあるんだ。実はかねてから腹案があって、ぼくの撰になる幽蘭《ゆうらん》の私家集を出したいとずっと思ってたんだ、註解つきでね。序文の下書きはもうできてる。いうまでもなく、かりに殺しの罪が確定でもしようもんならそれもこれも水の泡だ。だからさ、ひとつあの女に手を貸して、無罪は絶対まちがいなしって嘆願書を書き上げてやってはくれないかな、大兄。きみって法律文書を起草させたら空前絶後といわれてるだろ。こんなとこで、わかってもらえたかい？」

「いいとも、承知した」狄《ディー》判事が気まずく答えた。氷のような視線を同僚に投げ、その書類を小脇にかかえて席を立つ。「それじゃ、すぐかかったほうがいいな」

7

謎の怪僧に度肝を抜かれ
噂の女の生いたちを読む

狄《ディー》判事は官邸の大門をくぐりかけてはたと足を止め、自室の戸口にたたずむ人影に目をみはった。つぎはぎの古法衣をまとったでっぷりした小男で、きれいに剃りあげた頭にはかぶりものもない。はだしの足に、大きな古わらじ。官邸に乞食坊主がどうやって入りこんだのだとふしぎに思いながらも、近寄ってそっけなく問いただした。

「ここになんの用だ？」

相手が振り向いた。ぎょろ目を判事にすえて、ふきげんに言い返す。

「ふん、狄《ディー》知事か！　ちょっとそのつらを拝みに来てやったまでだ。だが、戸を叩いても返事がなかったんでな」声はがらがらだが、口のききようは身分ある人物のそれだ。ふいに悟った。

「お眼にかかれてうれしく存じます、魯《ルー》導師。おうわさは羅《ルオ》知事から……」

「会ってうれしいかどうかはあとで決めろ、狄《ディー》！」導師がさえぎる。またたきもせず、判事の背後にあるものをじっと見つめている。心ならずもついつい振り返ったが、院子に人影はない。

「いや、貴公には見えんよ、判事、まだ今はな。なにも思いわずらうことはない。死者はつねに、いたるところにおるのだ」狄《ディー》判事はつくづくとその顔を見た。この醜男《ぶおとこ》はどこかしら人を落ち着かなくさせる。羅《ルオ》は何で……？

「羅《ルオ》は何でわしを呼んだかと思っとるな、えっ、狄《ディー》よ？　答えはな、わしが詩人だからだ。詩と言うても聯《れん》だから、二行より多いことはないが。おまえさんの目にふれることはあるまいよ、狄《ディー》。役所の書類のほうに興味があるんじゃからな！」ずんぐりしたひとさし指で、脇にかかえた書類を指さした。

「中へどうぞ、ご一緒にお茶でも」戸をあけて、礼儀正しく招じ入れようとする。

「いや、かまわんでくれ。部屋からとってくるものがあるでな。そのあとで街に用がある」

「こちらの敷地内のどちらにお泊まりですか？」

「わしの部屋か、正院子右隅の胡仙祠にある」

「ああ、はい。そういう祠があるとは羅《ルオ》に聞いております」判事がぎこちない笑みを浮かべた。

「羅《ルオ》知事が敷地内に胡仙祠をまつったらけしからんとでもいう気か？」導師が色をなす。「狐というのは輪廻の輪に欠くべからざる一部なのだ。あやつらの生はわしら人間にひとしい大事、さもなくばひとしい瑣末事《さまつじ》よ。そして、人間どうしに浅からぬ結縁《けちえん》があるのと同じに、人間と浅からぬ結縁《けちえん》をもつ禽獣《けだもの》もおる。われらの運命《さだめ》に吉凶を及ぼすべく結びついた十二支のしるしが禽獣《けだもの》であることを忘れまいぞ、判事！」一心不乱に狄《ディー》判事の顔に見入り、頰の無精ひげをごしごしこする。ふいに訊ねた。「貴公、寅年生まれだな？」判事がうなずくと、醜怪な顔のぶあつい唇が蝦蟇そっくりにほくそえんだ。「虎と狐か！　おあつらえだ！」厚ぼったい目鼻がゆるみ、太い鼻の両脇に深いしわをつくる。「見逃すまいぞよ、狄《ディー》！」ものうい一本調子で、「ゆうべ、ここで殺しがひとつあったそうな、そして二つめの殺しがしだいに形をとりつつある。脇に抱えたその書類は幽蘭《ゆうらん》の事件だな、あの女は頭上に死罪の沙汰がぶらさがっとる。じきに、おまえさんにつきまとう亡者はもっと増えることだろうて、狄《ディー》！」大きな坊主頭をもたげ、大きな目玉に妙な光を宿して、また判事の背後をじっと見すえた。

狄《ディー》判事は心ならずも身震いした。口を開きかけたが、それより早く、元のがらがら声に戻った導師にさえぎられた。

「手助けをあてにしてくれるなよ、判事。人間《じんかん》の正義など、わしにいわせりゃ姑息な方便にすぎんし、そのために指一本たりと動かす気はない。因果応報じゃ、下手人の首をとりまく輪はおのずとせばまる。逃れるすべはない。では夜に会おう、狄《ディー》！」

院子の甃《いしだたみ》にわらじの音をたてて、大またに遠ざかっていった。

その背を見ていた判事が、おのが周章狼狽ぶりにいらだちながらあわてて部屋にひっこむ。

小者たちの手で、奥の天蓋つき寝台のとばりは開けてあった。中央の卓には、真鍮の高い燭台わきにありがたいことに大きな茶籠がある。鏡台の前に立ち、小者たちが金だらいに浸しておいてくれたいい香りの手ぬぐいで顔と首をぬぐう。それで人心地がついた。魯《ルー》導師はただの変わり者、あの手合いはああいった大げさな物言いを好むものだ。開いた引き戸のそばに茶卓を寄せ、石庭に向いて腰をおろした。それから、書類を開く。

冒頭は羅《ルオ》が書いたあの女詩人の身の上についての覚書で、

二つ折り紙で二十枚ほどだ。手ぎわよくまとめた記事で、慎重にことばを選んでいるあたり、もしや幽蘭《ゆうらん》私家集の巻末付録につけるつもりで書いたのでは、と勘ぐれないこともない。関連事項がひととおり網羅され、過去については非難の余地がないようにぼかしてはいるが、内容そのものは読み手にはっきりわかる。じっくり丹念に目を通したあとで、判事は椅子にもたれた。腕組みをし、波乱に満ちた幽蘭《ゆうらん》の半生を頭でなぞる。

都で小さな薬舗手代のひとり娘に生まれた女詩人は、独学の父親にわずか五歳で読み書きの手ほどきを受けた。だが、父には金もうけの才覚がからきしなかった。娘が十五歳の時に借金で首が回らなくなり、やむなくさる有名な妓楼に売られた。そこで過ごした四年間に、老若を問わず文人とすすんで交わって文雅の技芸百般にめざましい磨きをかけ、ことに詩才で頭角をあらわした。それが、いずれひとかどの売れっ妓《こ》にと将来を嘱望されていた十九歳のとき、ふいと姿をくらました。それまでに大枚のもとでをかけたとあって、妓楼同業組合がえりぬきの追っ手をさしむけたが、ゆくえはわからなかった。二年後にふとしたはずみで内陸の安宿で見つかったときには、無一文ですっかりからだをこわしていた。見つけたのは温《ウエン》暾《トウン》陽《ヤン》なる若い詩人で、その鋭い機知、りっぱな風采、親から受けついだ莫大な財産で知られていた。幽蘭《ゆうらん》とはいちど都で会って以来、ずっと想いを断ち切れずにいた。借金をきれいにしてやり、ふたりは離れがたい仲になった。都で名だたる文人の集まりに温《ウエン》と幽蘭《ゆうらん》の出席は欠かせなくなった。温《ウエン》が連名で上梓した相聞詩集は、文人がよるとさわると全国どこでも引き合いに出されるようになった。気ままに二人で帝国各地の名所を見て回って各地で名士に歓待され、心ひかれる土地に何カ月もとどまることもよくあった。その関係が四年続いたのち、温《ウエン》はある日突然に心変わりし、旅の女芸人とねんごろになった。

幽蘭《ゆうらん》は四川の州都を去り、温《ウエン》に気前よくはずんでもらった手切れ金で田舎に美しい地所を買った。女中や舞妓の一団をひきつれてそこに居をかまえ、その寓居は僻遠の地におけるる文墨のかなめとなった。厳選した崇拝者だけをひいきにし、文名や地位身分の高い人士が湯水のように金を費やして、こぞってその意を迎えようとした。そのくだりにさしかかると、羅《ルオ》知事は陳腐な決まり文句をどうしても引用せずにはいられなかった。「詩一篇、値千金」また、幽《ゆう》蘭《らん》には親しい女友達がおり、最高傑作のいくつかはそういう女たちに捧げられたとも述べている。文中の事実のみを列挙すると、その二年後に四川にいられなくなり、逃げるようにその地を去った。女弟子のひとりだった州長官の娘とひと悶着おこしたからだ。なにがあったかはおのずと明らかだった。

四川を離れたあと、女詩人はこれまでとは日常をがらりとあらためた。美しい湖県で白鶴観という小さな道観を買い入れ、自ら女冠と称した。女中をひとりだけ置き、男出入りを一切さしとめ、詩も神仙のみを題材にするようになった。それまでどおり金には鷹揚だったし、四川をひきはらうとき、おびただしい部屋で使っていた召使たちすべてに暇をやったさいにぽんと気前よく手当てをはずんでやっていた。追記には、白鶴観を買うにあたっても大枚を払ったとあった。それでもまだまだ裕福だとされていた、というのも地元の名士が多額の謝礼を積んで彼女を招き、子女のために詩作の教授を請うたからだ。覚書のしめくくりは、「添付の裁判関係文書を参照のこと」そこで紙数が尽きていた。

狄《ディー》判事はしゃんと座りなおし、すばやく裁判文書の束をめくり始めた。経験を積んだその目に、めぼしい事実が拾い出されるまでさほど時間はかからなかった。二カ月前の晩春、その地の政庁の巡査がふいに白鶴観に踏みこみ、裏庭の桜の根もとを掘り返したところ、十七歳になる幽蘭《ゆうらん》の女中が裸の死体で見つかった。検死の結果、体じゅうずたずたにされるほど鞭打たれたのが死因で、ほんの三日前に死んだに違いないと判明した。幽蘭《ゆうらん》は捕らえられ、故殺の罪で告発されたが、憤然として否認した。それによると、女中は三日前に老いた両親を訪ねようと一週間のいとまを願い出て、夕食の支度をすませて出かけたという。その娘を見かけたのはそれが最後だった。食後に幽蘭《ゆうらん》は長い散歩に出かけ、一人で湖畔をそぞろ歩いた。夜中の一時間前に戻ってくると庭門が破られ、調べてみると、お堂の銀燭台が二本なくなっていた。翌日にさっそく盗みを政庁に届け出たことを思い出すよう、取り調べにあたった知事にうながし、さらにこうほのめかした。何か忘れ物を取りに戻った女中が賊と出くわし、金のありかを吐かせる目的で痛めつけられたのではあるまいか。

次におおぜいの証人に話を聞くと、女詩人とその女中は激しいいさかいがしょっちゅうで、時には夜ふけに女中の悲鳴が聞こえることもあったと、口をそろえて申し立てた。道観のまわりは人通りがめったになかったが、問題の晩は行商人が数名通っており、賊や流れ者がいたようすはなかったという。知事は幽蘭《ゆうらん》の抗弁を大うそだと断じ、自ら庭門を破り、盗まれたはずの燭台を井戸に投げ込んだと告発した。さらに芳しくない過去にもふれ、まさに死刑の沙汰をくだそうとしたとき、ある農家に武装した賊が押し入って農夫を妻もろともめった切りにしたため、幽蘭《ゆうらん》への判決はしばらく延期された。あるいはその言い分が本当かもしれないと知事が思い返したためだ。その後、高名な女詩人が捕らわれたとの報は一円に広がり、州長官の命で一件は州にさしおくられた。

州長官が精力的に調べをおこなったせいで——幽蘭《ゆうらん》の詩の愛読者だった——有利な事実がふたつ明らかになった。調べにあたった県知事は、前年に幽蘭《ゆうらん》の好意を得ようとして袖にされている。知事は事実を認めたが、裁きに影響したという点は否定した。それによると、桜の木の根もとに死骸が埋まっているという密告状を受けとり、当然の職務として申し立て内容を確認したという。県知事の裁きは私情によるものと州長官は決めつけ、知事の任からしばしはずした。ふたつめに、軍警察がある賊を捕らえたところ、二、三週間前に農家を襲った例の賊の一味と発覚した。その申し立てによると賊のかしらは、あの女詩人は白鶴観にたんまり金を持っている、いつかちょいとのぞいてみても悪くないなと述べていたという。殺しについて幽蘭《ゆうらん》の推測が裏づけられたかに見えた。こういった事実をもとに、州長官は赦免勧告を添えて府に本件をさしだした。

府長官のもとには、帝国全土から、女詩人に同情する貴顕人士の書状が山のようにおしよせた。いましも無罪判決がくだる直前、湖県からやってきたある若い水売りがすすみでた。叔父に連れられて父祖の地まで数週間ほど墓まいりに出て、留守をしていたのだ。殺された女中とは恋仲で、女詩人にしつこく迫られ、いうことをきかなければ鞭打たれると生前よく聞かされていた。処女だった事実が判明するに及んで、府長官はさらに疑いの色を強めた。かりに賊が殺したのなら、その前に犯すはずだ。軍警察に命じ、府の管轄内を徹底的に洗わせて例の農家を襲った賊一味をとらえようとした。むろん、その供述が決め手となるからだが、捜索はすべて無駄骨に終わり、あの密告状の書き手もつきとめられずじまいだった。このやっかいな一件から手を引いたほうが得策だと府長官は判断し、都に一件をさしおくった。

狄《ディー》判事は書類を閉じ、立って側廊に出た。涼やかな秋風が通り、岩のわきで篠竹がさらさらと鳴る。気持ちのよい夕べになりそうだった。

そう、同僚どのは正しかった。興味深い事件には違いない。ずいぶんと混乱してはいるが。もの思いにふけりつつ口ひげをひっぱる。まじりけなしに机上の謎というのが、さきほどの羅《ルオ》知事の弁だった。だが、ぬけめない同僚どののことだ、判事としての力量に対する試金石だと重々承知の上でよこしてきたのはいうまでもない。さらに当人と引きあわされ、じかに事件と接点ができてしまったからには、まっこうからひとつの疑問がつきつけられる。有罪か、無罪か？

うしろ手に組んで、大またに側廊を歩きはじめた。このいりくんだ事件の手持ち情報は今のところ、どれもこれも間接情報ばかりだ。ふと、さっきの蝦蟇《がま》そっくりな導師の醜貌が目に浮かんだ。本件の答えいかんでは女詩人は生命を失うのだと、あの妙な坊主はあらためて判事に気づかせた。漠然とだが、名状しがたい予感がもたらす不安を覚える。かりにふたたび本腰を入れてその書類にとりくみ、証言すべてを丹念に洗いなおせば、たぶんそういったつかみどころのない不安は消えるだろう。まだ五時だ、夕食会まであと二時間やそこらはある。だが、どういうわけかまた法律文書に目を通す気になれなかった。とりかかるのは、夕食の席であの女詩人ともっと話をしてからでも遅くはあるまい。博士や郎中は問題の罪状に対する自分たちの態度をぼかすために、いやでも女詩人に話しかけざるを得ない。その話の内容も席上で聞けるだろう。

さっき同僚に約束された楽しい夕べの集いは、場合によっては死罪をも含めた裁きの吟味という不気味な様相をがぜん帯びてきた。いまや暗雲をはらんだ予兆さえゆくてにちらつく。

こういった動揺を頭から振り払おうと、さきの宋《スン》挙人の事件を頭でおさらいしてみた。あれも手の焼ける事件だ。犯行の現場検証には立ち会ったものの、いまは手をこまねいているしかなく、ひたすら羅《ルオ》の部下が光明をもたらしてくれるのを待つばかりだ。

はたと立ち止まる。太い眉を深々とひそめて、つかのま何かを思い出していた。部屋に入り、卓上から宋《スン》のものだった小さな譜撰を取り上げる。歴史に関する手控えをべつにすれば、被害者《がいしゃ》とじかにつながる接点はこの本だけだ。もういちど、中の細かい字づらをぱらぱら追ってみた。ふいに破顔する。いささか回りくどいが、やってみる価値はある。いずれにせよ、ここに仏頂面でおみこしをすえて、会ったこともないような手合いの話を読みふけるよりはましというものだろう。

急いでじみな青衣に着がえた。小さな黒いふちなし帽をかぶり、本をこわきに抱えておもてに出た。

8

舞妓は楽師とどなりあい
判事の楽譜を借りたがる

日がとっぷり暮れた。官邸の前院子では、女中ふたりがまわりじゅうの軒先からずらりとさげたちょうちんに灯を入れていた。

政庁正門前で、広い通りにごったがえす人々の群れに紛れるや、狄判事《ディー》は大きくひと息入れた。おもに今まで気が晴れなかったのは、土地勘がないも同然とはいえ同僚どのの広い官邸にこもりきりで、市井の人々のにぎわいを肌で感じるおりに恵まれなかったせいだ。いざ行動を起こしてみると、たちどころに気分がしゃんとした。人ごみに身をまかせている間も、思い思いに華やかな趣向をこらした店先をずっと目で追いつづける。楽器店の看板を見つけ、ひじで人波をかきわけてそちらの入口をめざした。

入ったとたん、耳をつんざく大音響に出くわした。店内で五、六人のお客がめいめい太鼓や笛や二胡を試している。中秋節の前夜とあって、音楽好きは気合を入れて明日の楽しい夕べに備えているのだ。奥の事務室に通ると、店主が机についてどんぶり麵をせわしなくかっこむかたわら、お客の御用をうかがう手代たちにゆだんなく目を光らせていた。いかにも文人然とした狄判事《ディー》の風采に見るからに感銘を受けたようすで、すぐ席をたって鄭重に用向きをたずねた。

判事があの笛譜撰をわたす。「なかの曲はぜんぶ横笛用だ」という。「曲名を知りたいのだが」

譜面をちらりと見ただけで判事に本を返すと、楽器商人はすまなそうに笑みを浮かべて言った。

「手前どもに読めますのは簡単な十音譜だけでございます。これはよほど古い書き方に違いございません。それでしたら専門家にお尋ねになりませんと。老劉《ラオリウ》ならうってつけでございますよ。まち一番の笛吹きでして、新しかろうが古かろうがひとめ見ればなんでも吹きこなします。家もすぐそこです」脂がぎとつくあごをぬぐった。「老劉《ラオリウ》の玉にきずは酒でして。笛の稽古をつけ終わった真昼間から始めて、いつも今ごろまで飲んでおります。宴の仕事がありますんで夜ふけにはしらふに戻ってますが。稼ぎはいいんですが、びた一文残らず酒と女に使ってしまうんですよ」

狄《ディー》判事は机上に銅銭をひとつかみ置いた。

「なんにせよ、そこまで道案内におたくの者をひとりつけてもらえんか？」

「もちろんでございますとも、ありがとう存じます。おおい、王《ワン》！　この旦那を老劉《ラオリウ》の家までご案内しろ。いいか、まっすぐ戻るんだぞ！」

若い手代が狄《ディー》判事の供をして通りをたどるうち、つと袖をひいた。向かいの飲み屋を指さし、ずるそうにほくそえむ。

「旦那、もし本当に老劉《ラオリウ》に用があるんでしたら、ちょっと手土産をさげてったほうがいいですぜ。やつがどんだけ正体なくしてようが、鼻先で酒がめのふたを開けてやりさえすりゃ、てきめんにぱっちり目が開きまさあ！」

中ぐらいの酒がめに、お燗がいらない強い白酒《どぶろく》を詰めさせた。若い手代の案内で、古びた紙窓にちらほらともる明かりを頼りに、木造のあばらやばかりの臭い裏路地をたどる。「左の四軒目です、旦那」狄《ディー》判事が心づけをやると、若いのはあとも見ずに駆けていった。

笛吹きの家は戸のちょうつがいが傾いでいた。奥で声高に言い合う声、ついで、けたたましい女の笑い声があがる。判事が片手をかけただけで戸はあっけなく開いた。

殺風景な狭い部屋に灯火の油煙がくすぶり、安酒くさくて息がつまる。奥の竹寝台に赤ら顔の肥大漢が座っていた。だぶだぶの茶色いずぼんに短い上衣の前をはだけ、むき出しになった太鼓腹がてらてら光っていた。膝の上に若い娘をのせている。小鳳《しょうほう》だった。老劉《ラオリウ》が酔眼をとろんと判事に向ける。舞妓がうろたえ、はっとするほど白くひきしまった太腿に裳《スカート》をかぶせ、お面のような顔をまっかにしていちばん奥の隅に逃げた。

「よお、おめえ誰でえ？」笛吹きが回らぬ舌で言う。娘には眼もくれず、低い竹卓のわきに腰をおろした狄判《ディー》事が、酒がめを卓上にすえた。

老劉《ラオリウ》が血走った目を丸くした。

「こりゃあどうだ、ほんまもんの長春露《ちょうしゅんろ》じゃねえか！」千鳥足でよってきた。「よく来なすった。ぱっと見はおっかねえ閻魔さまそっくりだがな、でっけえひげでよう！開けてくんな、兄弟《きょうでえ》！」

かめの口を判事が手で押さえた。

「飲みしろ分の働きはしてもらうぞ」さっきの楽譜を卓上にほうりだした。「この本の中身がどういう曲か教えてくれ」

卓のわきにつっ立ったまま、でぶは太いが驚くほど器用な指で本をめくった。「なんてこたねえ！」とつぶやく。

「だが、まずはちっとしゃっきりするか」ふらつく足で隅の洗面台をめざし、顔と胸を汚れた手ぬぐいでごしごしやりだした。

狄《ディー》判事は黙って見ていた。あいかわらずあの舞妓に眼もくれない。ここで何をしていようが知ったことではないのだ。小鳳《しょうほう》がためらったのち、卓に寄ってきておどおど言いかけた。

「あ……あたし、なんとか頼みこんで、今晩の宴で笛を吹かせるつもりだったんです。いやらしいやつだけど、楽師の腕は最高なんで。断わられたもんで、ちょっと気をひいて……」

「あのいまいましい《玄胡行《げんここう》》なんざ、朝まで寝てくれってこんりんざい吹かねえぞ！」でぶがすごんだ。ひびわれたしっくい壁の掛け釘にさげた、十二本ほどの竹笛を探る。

楽師と舞妓《ぶぎ》のいさかい

「今夜の曲は《紫雲鳳《しうんほう》》と聞いたが」狭い肩をすぼめたお面づらがひとしお哀れだったので、判事がそれとなくたずねる。

「そうだったんです、旦那さま。でも、あとで……あとで知事さまの大広間で、あのすばらしい舞台を見て……それに都のおえらがたに二人も引き合わされたし、おまけにあの魯《ルー》導師もおいでだって聞いて、あたし、こんな機会を逃したらもう二度とないって思って。それで、別の曲に挑戦してみてもいいかもなって。それなら急旋回を入れられますし……」

「きさまの貧相なけつ振りに、まともな曲なんざ使うんじゃねえよ！」老劉《ラオリウ》がかみつく。「あの《玄胡行《げんここう》》は縁起でもねえしろもんだ」低い腰かけにみこしをすえ、太い膝にあの楽譜を広げる。「ふむ、最初の曲はいまさら聞くまでもないわな。《白雲想花顔《はくうんそうかがん》》ありふれた恋歌だ、流れる白雲にうすものをまとった花のかんばせを見るてえやつだよ、誰だって知ってら。つぎの曲はどうやら……」笛を口もとに当て、軽快なふしまわしを吹いてみせた。「ああ、そうとも。そいつあ《唱秋月《しょうしゅうげつ》》。去年、都ですごく流行《はや》った曲だ」

　でぶがつぎつぎに楽譜をなぞり、ところどころで試し吹きして曲を確かめた。判事のほうは説明を聞くどころではなかった。推理が外れてがっかりだが、回りくどい話だとは、そもそもはじめから承知の上だ。題や歌詞がいっさいなく、見たこともないようなややこしい書き方をしている事実をもとに、楽譜とみせて、じつは音楽を利用したある種の暗号をしるした秘密の手控えという線を考えていたのだ。口ぎたない罵声で、ふとわれに返る。

「ちっくしょうめ！」笛吹きは最後の曲をにらんでいた。「だが、はじめの音が違うんじゃねえか」とつぶやき、笛をくちびるに当てた。

　低い音がつらなり、やがて、ゆるやかに哭《な》く調べがあらわれた。舞妓がはっとして座り直す。ふしが早くなった。小刻みに震える高音が奇妙な調べをかなでる。でぶが笛をおろした。「くそったれの《玄胡《げんこ》行《こう》》じゃねえか、そいつあ！」と吐き捨てた。

　舞妓がからだごと卓におおいかぶさる。

「その譜面をちょうだい、旦那、おねがい！」大きなつり眼がぎらついて、こんどは熱にうかされたようだ。「その譜面がありゃ、笛吹きなんかよりどりみどりよ！」

「俺ぁごめんだぜ！」でぶがいきまいて、あの本を卓に投げた。「くわばらくわばらだ！」

「貸すのはおやすいご用だ」狄《ディー》判事が舞妓に言う、「だが、かわりにその《玄胡行》についてもうちょっと教えてくれ。音楽に興味があってな」

「この地方の古い曲なんです、知る人はめったにいません。笛の手引きにも載ってないし。南市《なんし》の玄胡祠《げんこし》で堂守をやってる鬱金《うこん》って娘《こ》がいつも歌ってます。その娘《こ》に頼んで書いてもらおうとしたんですけど、かわいそうに頭のねじがちょっと。読み書きがぜんぜんだめなんですよ、だから難しい楽譜なんてとてもとても。でも、踊りには最高の曲なんです……」

　狄《ディー》判事が本を渡す。「今夜、夕食会の時に返してくれればいい」

「ああ、本当にありがとうございます！　急がなきゃ。楽師とちょっと音合わせしないと」戸口でふりむいた。「この踊りのこと、他のお客さまには黙っててくださいね。びっくりさせたいんです！」

　判事がうなずいた。「大きな碗をふたつ出してくれ」とでぶに言う。

　楽師が棚からせともの碗をふたつおろし、その場で判事がかめの封を切った。老劉《ラオリウ》の碗に、ふちまでなみなみと注いでやる。

「いーい酒だなあ、おい！」楽師が声をあげ、碗からただよう香りに小鼻をひくつかせる。それからのどを鳴らして一息に干した。判事が自分のをちびちびやる。「妙な娘だ、あの舞妓は」さりげなく言う。

「あれでも女ってんならな！　じつは狐妖だったってべつ

に驚かねえよ、あいつの裳裾から太いしっぽがにょっきり出てたりしてな。あんたが入ってきたとき、ちょうどそいつを確かめようとしてたとこだった」にやりと笑い、また自分の碗にぶちまで注いで、ぐびりとやった。舌鼓をうって話を続ける。「狐だろうがなかろうが、お客をしぼりとる手管にかけちゃ凄腕だぜ、ったく、金にきたねえ小娘だよ！　くれるものはもらっといて、触ったり、唇ぐらいまではしたいようにさせる、だが、そっから先はいっぺんだってお断わりとくるんだ！　おれとは一年以上前からのつきあいだ。踊りはうまいよ、それだけは言っとかんと」広い肩をすくめた。「ま、とどのつまりは頭がいいってことになるんだろうな。考えてみりゃ、踊りがうまくたって床のほうが過ぎたばっかりにつぶれちまった妓は、これまでいやってほど見てきたからな！」

「あの《玄胡行》を知ったいきさつは？」

「何年も前にばばあ二人に聞いてな。余分に金をはずめば、孕み女の家で悪霊祓いをやってくれる産婆がいたんだよ。ぶっちゃけて言やあ、曲そのものはよくは知らん。だが、あすこの祠に住んでる魔女のやつなら、すげえ詳しいぜ」

「誰だ、それは？」

「あばずれ魔女だよ、そういうやつさ！　あれぞまさしく狐妖だよ！　どこかの婆さんが道でちょいといいぼろきれをめっけてな、拾ってみたらかわいいちびがくるまってた。そんときゃ、そう見えたんだよ！　そいつがいかれっちまってよう、十五まで口もきけずじまいでな。しじゅうかんしゃくを起こしちゃ眼をぐるぐるさせるわ、妙なおっかねえ話を口走るわで、婆さんすっかりぶるっちまって淫売宿に叩き売った。見えるんだよ、わかるだろ。それでだ、淫売宿の亭主がたんまり水揚げの金をせしめて、じじいの一《いち》見客《げんきゃく》にあてがった。うかつに狐妖に手なんか出したらどうなるかわきまえとくべきだったな、そのじいさん。もう一杯飲もうぜ、旦那。じつを言や、今日はまだ飲んでなかったんだ」

碗をおろし、でぶは悲しげにかぶりを振った。

「舌を口に入れかけたら、あの女めそいつを嚙み切っちまってよう、窓から飛びおりて南門近くのあの荒れ祠に逃げ込んだ。それからずっとあすこだよ。娼家同業組合のこわもてどもだって、さすがに足を踏み入れようなんて度胸はねえさ。出るんだよ、あすこは。あの場所で老若男女を問わず何百人もみな殺しにされたんだから。夜になるとそいつらが化けて出て、祠の建ってる荒地ですすり泣きが聞こえてくるんだ。崩れた門のとこに迷信深いやつらが食いもんを供えてる。そいつをあのあまが野狐どもと山分けしてんだよ。ぞろぞろいるぜ。月の光を浴びてあいつらと歌ったり、踊ったりしてるんだ、あの……どぐされ歌をよう」

舌がもつれてきた。「あの……あの舞、舞妓もやっぱり狐だぜ。あすこに足を踏み入れるなあ、あいつだけだ。く……くそったれ野狐ってやつよ、あの女……」

狄《ディー》判事が立ち上がった。「今夜もし笛のお呼びがかかっとるんなら、その酒はほどほどにしとくがいい。では、これで」

表通りめざして歩き、通りすがりの行商人に南門までの道をたずねた。

「だいぶありますよ、旦那。この通りぞいにまっすぐ行って、大きな市場をやりすごして、寺通りを端から端まで歩かないと。そこをまっすぐ行けば、じきに門が見えてきますよ」

判事は小さな轎《かご》を呼びとめ、轎夫《かごかき》ふたりに寺通り南端の寺までやってくれと言った。そこで降りて、残りは歩いた方がいいだろう。轎夫《かごかき》という手合いは口が軽いので知られている。

「妙覚寺のことですかい、旦那」

「その通りだ。急いでくれれば余分に酒代《さかて》をはずむぞ」

長柄《ながえ》の下に担ぎだこのできた肩を入れ、威勢のいいかけ声で往来の人ごみをかきわけて、轎夫《かごかき》たちは韋駄天走りに走りだした。

9

荒地の祠に堂守をたずね
黒い狐の群れに出くわす

　判事は襟もとをかきあわせた。夕方なので、開けっぱなしの轎《かご》に座っているといささか冷える。気分はよかった。《玄胡行》が、あの挙人殺しの糸口となる見込みは大きい。市場は人々でごったがえし、屋台はどれもてんてこまいしていた。だが、大通りの暗い路上に出たとたんに人影はめっきり減った。両側に古びたれんが塀がどこまでものび、ところどころで石門が合いの手を入れる。それぞれの門に下がった大ちょうちんの字を読めば、寺通りのめぼしい顔ぶれは仏教のおもだった各宗派だとわかる。とある楼門で、轎が地面におりた。両開きの黒い門前のちょうちんに大きく三字、「妙覚寺」とある。

　狄《ディー》判事が轎をおりる。と、さっそく轎夫《かごかき》たちは汗だくの胸や背中をぬぐいだした。年かさのほうに言う。

「ここで休んでてくれ。三十分かそこら、それ以上はかからん」心づけを渡してたずねた。「東門まではどれぐらいだ？」

「轎ならざっと半時間でさ、旦那。ですが、さびれた路地をぬける近道を知ってりゃ、歩いたってもっと早くつきますぜ」

　判事がうなずいた。つまり、被害者《がいしゃ》は南門そばの玄胡祠にたやすく行けたわけだ。正門わきの小さな通用口をくぐると甃《いしだたみ》の境内は人っ子ひとりいなかった。だが、奥にどっしりした二階建ての本堂があり、窓の明かりが見えた。本堂右手に、外塀ぞいに吹きさらしの回廊がずっとのびていた。そこをたどることにして、寺の裏口を出てから、あらためて南門に向かうつもりだった。そうすれば、本当の行き先を轎夫《かごかき》たちに知られずにすむ。

回廊から本堂裏の細道にぬける。両側に建ちならぶ黒っぽい平屋はたぶん僧坊だろう。明かりといえば軒先の小ちょうちん数個だけで、足もとは薄暗かった。行きどまりの黒門めざして急ぐ。右手はずれの建物の角を曲がりざま、なかの暗がりにざっと目を走らせる。とたんに凍りついた。あの魯《ルー》導師の姿が見えた気がしたのだ。殺風景な部屋の奥でうずくまり、蝦蟇《がま》そっくりなあの眼でこちらを見ている。窓枠に手をかけた判事がなかをうかがう。目のいたずらだった。向かいの軒先のちょうちんで見る。かすかな明かりで見ると、なんのことはない、腰かけの上に丸めた法衣のてっぺんにしゃれこうべ形の木魚がのって、坊主頭に見えたのだった。われながら腹が立って足を速める。自分としたことが、まだあのわけのわからん導師の姿にうろたえておるとは。

寺の裏手で右に折れ、まばらな松の木立をつっきる。じきに舗装がゆきとどいた広い街道にでた。はるかかなたに、星空を背に南門がくろぐろとそびえたつ。

これまでのところ当初のもくろみどおりなので気をよくして、さらに足を速めた。あちこちに屋台の灯火がまたたく。向かって左にまっくらな空家が数軒、正面はうっそうたる森で、根もとを下生えのやぶがさえぎる。荒れ果てた石門があった。横切りかけたせつな、長い行列が通りをやってきた。どの人も重い荷や袋で背をかがめながらも楽しげにおしゃべりしている。おおかた中秋節を祝うためにまちを出て、田舎の身内を訪ねる途中だろう。立ちどまって一行を通してやりながら、羅《ルオ》知事が明晩の宴に選んだ碧崖《へきがい》とはどこかと思いをめぐらした。おおかた、まちの西にある山地のどこかだろう。空をいくら見ても秋の明月がこうこうと照りわたり、そばには浮雲ひとつない。だが、道をへだてたかなたの木立はうっそうと暗く、人を寄せつけない雰囲気だ。左手の屋台に近づき、雨天用の小ちょうちんを買った。これで、道をわたる用意は万全だ。

その古門でまだ残っているのは門柱二本だけだった。手もとのちょうちんで左柱の根もとにくぼんだ灰色岩の鉢を照らしてみると、とれたての果物がひと山、それに粗末なせともの碗に緑の葉でふたをしてごはんが供えてあった。これを見れば、あの荒地の門に相違なしだ。

もつれた下生えの茂みをすばやくかきわけ、かぼそい通い路を見つけた。衣のすそをいちど折り返して腰帯にたくしこみ、長袖を腕まくりする。灌木の茂みをつつき回るうちに、とげだらけのやぶをかきわけるのにうってつけの頑丈な杖を見つけ、右に左にうねる小道をたどっていった。

この荒地は不思議なほどしんとしていた。夜の鳥たちの叫びさえ聞こえない。物音といえばものうい蟬の声、それに、びっしり茂ったやぶからときおりかすかに音がするだけだ。「あの舞妓は度胸があるな」と独りごちた。「ここはきっと、さんさんと陽が照っていてさえ、ものさびしい場所だろうに！」

はたと足をとめ、杖の柄をかたく握りしめる。すぐ先の茂みの陰で、つばを吐く音がした。地面からおよそ二尺上で、緑に燃える双の目がこちらを睨んでいる。さっと小石を拾って投げつけた。目が消え、木の葉がひとしきり揺れ、その後ふたたびしんとした。してみると狐がいるという話は本当だ。だが、人を襲うことはないだろう。とはいえ、そのあとで不安になった。野生の狐や迷い犬はよく狂犬病にかかると前に聞いたのを思い出したからだ。それにかかった狐はなんにでも見たとたんに襲いかかるという。帽子をあみだにずらし、から手でここに来てしまったのはいささか性急すぎたかと悔やんだ。剣か、短槍でもあれば役に立ったのに。だが、ぶあつい脚絆《きゃはん》を巻いて足ごしらえは頑丈にしてきたし、杖はすこぶる丈夫そうだったので、このまま進むと決めた。

まもなく道幅が広がった。弱い月光に照らされ、まばらな木立のかなたに広い荒地がひらけた。ゆるい斜面は伸びほうだいの草に埋もれ、草がびっしり生えた岩が点々ところがる。斜面の上に、見る影もない祠あとが黒くつっ立っていた。外壁が何カ所も崩れ、中にお堂がひとつだけあって、どっしりした瓦葺きの反り屋根はごっそり落ちくぼんでいる。斜面の中ほどに黒い影がひとつ、しなやかに跳躍して岩の上に飛びおりるとうずくまった。とがった耳と、ふさふさした長いしっぽが判事の目にうつった。やけに大きく見える。

廃屋の暗闇をしばしうかがったが、明かりもなく、ひとの気配もない。ため息とともに形も大きさもまちまちな岩にぶつかるたびに曲がりくねった小道をたどる。狐に近づくと杖をかまえた。獣のほうはしなやかに岩を蹴り、あっというまに暗がりに消えた。草むらが波うち、他にも狐がいると知れる。

門のところで判事は立ちどまり、小さな前院子をつぶさに見た。ごみだらけだ。朽ちかけた梁が壁ぎわの足もとにころがり、かすかに腐臭がする。角に、等身大の石狐が高い花崗岩の台上にうずくまっていた。赤いぼろ布が首まわりに垂れ、だれか人がいる証拠といえばこれだけだ。お堂そのものは真四角な平屋で、時経て黒ずんだ大れんがの壁一面につたがかぶさっていた。右の隅はすっかり崩れ落ちている。あの屋根が怖いほど落ちこんでいたのはこの部分か。瓦があちこちはげ、黒く太い屋根梁があらわになっている。花崗岩を三段上がった判事が、杖で格子戸を叩いてみた。すると朽ちた木枠がこなごなに崩れ落ち、しんとした夜気のただなかで、やたらそうぞうしい音をたてた。そのまま待ったが、中からは何の音沙汰もない。

格子戸を押し開けて入る。かすかな明かりが左手の脇堂に見えた。角を曲がったのち、だしぬけに足が止まった。壁龕《へきがん》のろうそくの下に、痩せこけた影がきたない経帷子《きょうかたびら》にくるまってぶらさがっていた。頭はしゃれこうべで、からっぽの眼窩が判事を睨んでいる。

「こけおどしはよせ！」冷たく言う。

「悲鳴をあげて、外へ逃げなきゃだめじゃない」小声がすぐうしろで聞こえた。「そしたら両脚を折ってたはずなのに」

ゆっくり振りむいてみる、と、若い娘の顔がすぐ目の前にあった。なにか粗末な生地の茶色いだぶだぶの上衣の中でやせ細ったからだが泳ぎ、破れた長ずぼんをはいている。顔だちはきれいだが表情はうつろ、大きな目におびえのいろがある。だが、判事の脇腹に長匕首《ながどす》のきっさきをつきつける手つきはたしかで、震えもしない。

「じゃあ、ここであんたを殺さなきゃ」それまでと同じ小声だった。

「きれいな刀を持ってるんだな！」ゆっくりと言った。「その、きれいな青い光をごらん！」

つられて相手が目をやると、杖を落としてすかさず匕首を持つ手首を握った。「ばかはよせ、鬱金《うこん》！」と言う。

「小鳳《しょうほう》に言われて来たんだ。宋《スン》さんにも会ってきた」

うなずいて、娘はふっくらした下唇を噛んだ。「うちの狐たちがそわそわしてたから、てっきり宋《スン》だと思ったの」と言って、判事の肩ごしにさっきのつくりものを見た。「そしたらあんたが見えたんで、ろうそくをつけてあたしのいい人にのせといたんだ」

判事が手首をはなしてやる。「どこか腰をおろせるところはないか、鬱金《うこん》？　話があるんだ」

「話だけよ、それ以上はだめ」と真顔で言う。「いい人はとってもやきもち焼きだから」匕首を袖にすべりこませ、こけおどしに近よった。継ぎはぎだらけの経帷子《きょうかたびら》を直してやりながらつぶやく。「絶対、あいつにもてあそばれたりするもんか！　約束するわ、あんた！」しゃれこうべの横を軽く叩いてやってろうそくを取り上げ、向かいの壁に弧をえがく戸口のあとをくぐった。

あとにつづいて狄《ディー》判事が入ると、かびくさい小部屋に出た。あらけずりな板の卓上にろうそくを置いて、低い竹椅子に腰かけた。家具はほかに籐の腰かけが一つあるだけだが、隅のほうにぼろきれが積んであり、どうやらそれが寝床らしい。奥の壁は上半分が崩れ、屋根が落ちて空が見えていた。つたの厚い幕が割れ目から入りこみ、でこぼこのれんが壁にかぶさっていた。ほこりだらけの床に、落ち葉が乾いた音をたてる。

玄胡祠《げんこし》にて

「ここ、すごく暑い」とつぶやき、上衣を脱いで隅のぼろきれの山に投げた。丸みのある肩と豊かな胸はほこりで汚れている。判事はきしむ籐の腰かけにちょっと体重をかけてみて、あらためて腰をおろした。うつろな目を向けるともなく向けた娘が、裸の胸をごしごしこする。部屋の中はとても寒いのに、汗がその胸元をつたって黒いすじをひいて、平らな腹へと流れこむのが見えた。伸びほうだいの蓬髪は赤いぼろきれで束ねてある。

「あたしのいい人ってすごく怖いでしょ、ちがう?」だしぬけにたずねる。「でも、すごく優しいんだ。あたしをおいてったりしないし、いつも辛抱強く話を聞いてくれるの。かわいそうに頭がなかったからね、なるべく大きいしゃれこうべを見つけてきてのせてあげたんだ。そいでね、とっかえひっかえ毎週新しい服を着せてやってんの。ここの裏院子から掘り出すんだ、しゃれこうべも骨もたくさんあってね、きれいなはぎれだって。宋《スン》は、どうして今晩こないの?」

「すごく忙しいんだ、そう伝えといてくれって言われた」

のろのろとうなずく。

「知ってる。いろんなことをえりわけるんでずっとすごく忙しいのよね。とっても昔の——十八年前よ、そう言ってた。でも、あの人の父さんを殺したやつはまだここにいるんだ。そいつを見つけ出して首をちょんぎってもらうの。首斬り台でね」

「その男を私も探してるんだよ、鬱金《うこん》。そいつの名は何だっけ、もういっぺんいいかい?」

「そいつの名前? 宋《スン》は知らない、でもそのうち見つけるよ。もし誰かに父さんを殺されたら、あたしだって……」

「捨て子じゃなかったのか?」

「ちがうよ! 父さんはたまに会いにくる。優しいんだよ」ふと悲しい顔になってたずねる。「なのに父さんたら、なんであたしにうそついたんだろ?」

両目が熱っぽくうるみ、判事がなだめた。

「勘違いに決まってるよ。父さんがうそなんかつくもんか」

「でも、ついたの！　いつも布ですっぽり隠してるのは顔がすごく醜いせいだって。でも、こないだの晩、父さんがここを出てったあとで小鳳《しょうほう》が見かけたんだ。そしたら、ちっとも醜くなんかなかったって。じゃあ、どうしてあたしに顔を見せてくれないの？」

「母さんはどこにいるんだね、鬱金《うこん》？」

「死んじゃった」

「なるほど、じゃあ、育ててくれたのは誰だい？　父さんかい？」

「ううん、年とったおばさん。優しくないし、ひどい人んとこにあたしをやっちまったの。逃げたんだけど、やつらここまで追っかけてきた。はじめの二人は昼間に来た。屋根の上に逃げて、しゃれこうべと骨をひとかかえも頭に浴びせてやったら逃げてったわ。夜になってから三人で戻ってきてね、でも、その時はあたしのいい人があそこにいたんで、三人とも悲鳴をあげて外へ逃げだしてやがんの。ひとりなんか岩にけつまずいて脚を折っちゃったよ！　そいつをほかの二人が引きずって逃げるざまを、あんたに見せたかった！」

けたたましく笑い出し、がらんとした部屋にかんだかくこだました。つたに何かがこすれる。狄《ディー》判事があたりを見回すと、崩れた壁の上から狐が四、五匹とびこんできた。妙に緑がかった目で、じっと判事を睨みつける。

また娘に目を戻すと、両手で顔をおおっていた。やせ細ったからだはいつまでも震えているが、肩は汗だくだ。判事がすかさず言う。「宋《スン》の話じゃ、孟素斎《モンスウツァイ》さんとよく来るそうだな。あの茶商人だよ」

両手をだらりとさげた。

「茶商人？」とたずねる。「お茶なんか飲まないよ。井戸水だけ。それだって、もうあんまり飲みたくない……ああ、そういや茶商人のうちにいるって宋《スン》が話してたっけ」しばらく考えこんだのち、笑みが浮かんだ。「宋《スン》は一晩おきに来てたんだ、笛を持ってね。うちの狐たちはあの人の笛が大好きでね、あの人もあたしのこと大好きだった。どっかいいとこ連れてってくれるって。そこなら毎日だって笛が聞けるって。でも、あたしとは結婚できないから誰にも言っちゃだめだって。だからあたし言ってやったの、ここを離れられないし、誰とも結婚できないって。だっていい人がいるんだもん、死んだって別れるもんか。死んだって！」

「お父さんのこと、宋《スン》には話さなかったんだな」

「決まってるよ！　父さんに口どめされてたんだもん。なのに、あんたに言っちゃった！」おびえた目をやり、喉もとをつかむ。「ものが飲みこみにくいし……頭がすごく痛い。首も痛いし。だんだんひどくなってく……」歯がかちかち鳴りだした。

狄《ディー》判事が立ち上がった。明日にもこの娘をここから連れ出さなければ、ひどい病気だ。

「具合がわるいと小鳳《しょうほう》に伝えておくよ。明日二人で会いにくる。自分のうちにおいでと父さんは言わなかったのかい？」

「父さんが、なんで？　ここ以上にあたしが幸せでいられるとこなんてないって言ってたのに。いい人と狐の世話もあるしねって」

「あの狐には気をつけたほうがいい。嚙まれでもしたら……」

「なんでそんなこと言うのよ？」怒ってさえぎる。「狐はあたしを嚙んだりしない！　何匹かはあの隅っこで一緒に寝てんのよ。もう行っちゃえ、あんたなんてきらい！」

「動物は大好きだよ、鬱金《うこん》。だがね、時には動物だって病気になるんだ、人間と同じことだ。そんな時に嚙まれたら、あんたまで病気になるんだよ。あしたまた来る。じゃあな」

娘は前院子まで一緒についてきた。石狐を指さしておずおずと言う。

「そのきれいな赤い飾り、あたしのいい人にあげたいの。石の狐が怒るかな？」

その点について判事が思い巡らす。あのこけおどしがこれまでどおり恐ろしげなほうが、娘の安全のためには得策だと判断して答えた。

「石の狐がおそろしくへそを曲げるぞ。その飾りはとらないほうがいい」

「ありがと。いい人には宋《スン》がくれるって約束した銀かんざしで外套留めを作ったげよっと。あした持ってきてねって頼んどいてくれない？」

狄《ディー》判事はうなずき、さっきの古門をくぐった。月光にひろがる荒れ野を見わたしたが、狐の姿は一匹もなかった。

10

閨秀の詩に酔いをさまし
花火のあとの椿事に驚く

妙覚寺裏の松木立に戻ると、判事はちょうちんを木の根もとに置いた。なるべくきれいに全身のほこりを払い、裏門から境内に入る。さっき導師の姿を見かけたと思った角部屋は、こんどは窓が閉まっていた。

主堂の階段で立ち話をしていた僧ふたりに近づく。

「魯《ルー》導師をお訪ねしたが、どうやらお留守のようだ」

「導師さまはおととい お見えになりましたが、けさがた知事閣下の官邸のほうにお移りになられました」

礼を述べて正門に向かう。轎夫《かごかき》どもは道端にしゃがみこんで、黒と白の碁石で賭けごとをしていた。あわてて立ち上がったふたりに、政庁にやってくれといいつけた。

官邸につくとまっすぐ主院子に向かう。他の客が来る前に羅《ルオ》と話したかった。そのあと、もっとあらたまった服に大急ぎで着がえればいい。

大広間前にしつらえた風雅な庭を五、六人の女中が駆けずりまわって、花咲く植え込みに色とりどりのちょうちんをつるし、蓮池の向こう側では小者ふたりがかりで花火用の竹台をすえていた。二階露《バルコニー》台に目をやると、朱塗り欄《らん》干《かん》の前で羅《ルオ》知事が助役と話している。美しい青錦《あおにしき》をふんだんに使った長衣、左右に高く張り出した黒の紗帽をいただく。夕食会がまだでこれ幸いと、狄《ディー》判事は鏡板仕上げの大階段を急いでのぼった。

露台に向かうその姿を小柄な知事がみとめ、あきれて大声をあげた。

「おいおい、きみ！　着がえはどうした？　お客人がたがすぐにもここにおつきだぞ！」


「急を要することづてがあるんだ、羅《ルオ》。人払いを」

「宴席のしたくに手落ちがないか、執事のほうを見てこい、高《カオ》！」助役がなかにひっこんでしまうと、あらためてぶっきらぼうに、「で、だから何だ？」

欄干《らんかん》にもたれ、《玄胡行《げんここう》》の手がかりをたぐってあの破れ祠にたどりついた次第と、さっきの会話をひととおり話してきかせた。話が終わると、知事が満面の笑みで大声をあげた。

「すばらしい、大兄、すばらしい！　これで、われわれの殺人事件はなかば解けましたな。いまや動機が判明したのだから！　宋《スン》は父親を殺したやつを追って来た。だが、そいつは追われていると勘づき、それで殺した。あの悪党めがあそこの書斎で探したのは、十八年前の古い殺人についての手控えだった。そして見つけたんだ、やっぱり！」狄《ディー》判事がうなずくのをみてさらに、「宋《スン》はうちの公文書保管庫に通って、父親の事件を詳しく調べていた。こうなったら戌年《いぬ》の公文書をぜんぶ出して、宋《スン》という苗字の家族にまつわる未解決の事件、失踪、誘拐その他なんでも洗ってみんと」

「そういう事件すべてだ」と判事がたしなめる。「調べのことは伏せておきたかったんだから、宋《スン》というのも偽名かもしれん。犯人を見つけだして動かぬ証拠を握りしだい、身もとを明かして公《おおやけ》に告発するつもりだったんだろう。さて、その男は宋《スン》を殺したものの、こんどはすぐ背後にわれわれが迫っている。じきにしっぽをつかむぞ！」

口ひげをひっぱって続ける。「会いたい男がもうひとりいる、鬱金《うこん》の父親だ。表ざたにできない子とはいえ、あんな不潔なところに放っておくなんて血も涙もない悪党だ。まったく恥を知るがいい！　病気でもあることだし、あの舞妓に当たってみなくては、羅《ルオ》。あの舞妓なら鬱金《うこん》の父親の素性を知っとるかもしれんし、仮にそうでなくても人相ぐらいは教えてくれるだろう。覆面をとった姿であの破れ祠を出る姿を見かけとるからな。そいつをつきとめて誰に産ませたか吐かせ、あの哀れな娘に何がしてやれるか、ひとつわれわれで考えよう。小鳳《しょうほう》はまだか？」

「来てるとも。急ごしらえの緑の部屋にいるよ、宴をしつらえた大広間の奥だ。化粧の支度やなにかで幽蘭《ゆうらん》が付き添ってる。連れて来させよう。他にも舞妓がふたりばかり緑の部屋にいるんだ、話をさせるんならあの女ひとりのほうがいいな」

欄干《らんかん》ごしに見おろす。「うわっ、大変だ、博士と張《チャン》だ！　大急ぎで迎えに出なきゃ、きみも急いでくれ、狄《ディー》、その向こうの小階段をおりて、なるべくはやく着がえてこんと！」

露台《バルコニー》の端にあった狭い階段をおり、部屋めざして急いだ。

紺地に控えめな花模様を織り出した長衣に着がえながら、こんな興味深い事件をしまいまで見届けられず、もうじき帰ると思うと残念でならない。羅《ルオ》は十八年前に殺されたあの挙人の父親をつきとめた上で、当時の父親とかかわりをもち、まだ金華《チンファ》に住みつづける者をひとりのこらず洗いあげてその死のいきさつを探らざるをえまい。何日も、ことによると何週間もかかるだろう。判事のほうはじかにあの鬱金《うこん》の身柄をひきうけ、しかるべき住まいに移してやろう。治療を受けたあとで羅《ルオ》と話をさせ、あの殺された挙人の話を聞き出すべきだ。どんな理由があってあの挙人は鬱金《うこん》を探しだしたのか、ふしぎでならない。風変わりな曲に興味があるというだけの理由か？　ありそうにない。だが、宋《スン》はあの娘にぞっこんだったらしい。孟素斎《モンスウツァイ》の女中の話だと、宋《スン》は恋歌を好み、銀の簪をどこで買えるかたずねていたという。相手は鬱金《うこん》だったとこれではっきりした。興味深い可能性がいくらでも考えられる。左右に張り出した繻子《しゅす》帽を鏡台の前できちんとかぶり、急いで院子に戻った。

光あふれる露台《バルコニー》に錦の衣がきらめく。どうやら、客人たちは夕食前にちょうちんに照らされた庭景色をめでているらしい。おかげで、高官方の見ている前で宴に遅れてばつの悪い思いをしなくてすみそうだ。

露台に出ると、狄《ディー》判事はまず博士に礼をした。流れる黄《こが》金錦《ねにしき》の衣に目がくらむばかり、博士のしるしの高い角帽には二本の黒ひも飾りが広い背に長く垂れる。魯《ルー》導師のいでたちは蘇芳《すおう》地に黒い広幅のふちどり、みるからにある種の威がそなわっていた。郎中は金縁の高帽に、茶に金糸で花をししゅうした絹衣を合わせている。こよいの張《チャン》はしんから快活に、羅《ルオ》知事と生き生きと話している。

「そうは思わないか、狄《ディー》」羅《ルオ》が明るく尋ねた。「わがご友人どのの詩においてもっとも人の心を打つ特色といえばいろいろあるが、まず表現力があげられるんじゃないか？」

張攬博《チャンランボウ》がすばやくかぶりを振った。

「せっかくみなが一同に会した貴重なおりを、空疎な社交辞令なぞに費やすのはよそう、羅《ルオ》。宮廷に辞職願をだしてこのかた、私家集のために過去三十年に作った詩の自撰に時間のおおかたをさいてきたがね、表現力こそまさにわが作品の欠点だよ！」

異を唱えようとした羅《ルオ》を、郎中が片手でさえぎった。

「わけはこうだ。わしはつねに波風の立たん人生を送ってきた。ご存じのとおり家内もやはり詩人でね、子どもはなかった。都のすぐ郊外できれいな田舎家に住み、もっぱら金魚と盆栽の世話にあけくれ、家内は花園を丹精した。たまにまちから友人が寄ってくれればあっさりした夕食でもてなし、夜ふけまで清談や詩作に花を咲かせたものだ。いつも自分は幸せだと思っていた、ごく最近までは。それが、ふとしたはずみに気づいたんだ、自分の詩は頭でこねあげた絵空事《えそらごと》にすぎんと。実人生に根ざした実感に欠けとるせいで、どれもこれも血が通わず、生気がない。そしてこのたび、祖廟にお参りしてからずっと心にひっかかってるんだ。生気のない詩を数巻出したところで、五十年生きてきたあかしとして充分と言えるのかと」

「おっしゃるところの絵空事は」羅《ルオ》が真剣に述べる、「まことに、いわゆる現実の生活にもまさる真実味をもつものです。われわれの日常たる外なる世界はめまぐるしく有為転変するもの。あなたは内なる世界の未来永劫に変わらぬ要諦をつかんでおいでなのです」

「お気づかいいたみいる、羅《ルオ》君。だが、もし一度でもいい、感情を揺さぶるできごとにめぐりあえればなあ。たとえ悲劇でもいい、静かな生を根こそぎ揺さぶるようなことがあれば、きっと……」

「まったくまとはずれだよ、張《チャン》」太い声で博士がさえぎった。「おおい、導師、そっちの意見も聞きたいな。いいかい、張《チャン》。わしはそろそろ六十になる、きみより十近く上だ。四十年このかた、活気ある生活を送ってきた。おもだった官職を歴任し、大家族をかまえ、公私共に人間の限界まで感情を揺さぶりつづけたものだ！　そこで言わせてもらえばだね、つい昨年に引退してようやく、こんどは前から好きだった場所に気軽に行けるようになり、うわべにとらわれずに俗世の外でもっと永続きする価値に、おそまきながら目を向けはじめたところだ。それにひきかえ、きみはそういう余分な前置きをぜんぶ省いてこられたんじゃないか、張《チャン》。きみはだな、わき目もふらず、ひたすら天道を見てきたのさ！」

「道家《どうか》を引用する気か！」導師が述べる。「道教の開祖はおしゃべりの間抜けじじいだ。沈黙は雄弁に勝るとぬかしておきながら、五千字からなる本を口述したんじゃからな！」

「それは承服しがたい」郎中が異を唱えた。「かの仏陀とて……」

「かの仏陀はむさい乞食、そして孔子は知ったかぶりのおせっかい焼きだ」導師が一言のもとに切って捨てる。

最後のことばに狄《ディー》判事は愕然とし、怒りをこめて博士のほうを見た。だが、邵《シャオ》はただ笑ってこうたずねた。

「かりに三教すべてをくさすなら、導師、あんたは何に帰依するね？」

「無さ」肥った僧は即答した。

「ほほう！　そうじゃないだろ。書の帰依者だろうが！」博士が叫ぶ。「わしらがこれからやることを教えてやろう、羅《ルオ》！　夕食後、宴席にあったあの大きな絹屏風を床に広げさせ、魯《ルー》導師がほうきか何かで自作の聯《れん》を揮毫《きごう》するんだ」

「すばらしい！」羅《ルオ》が声をあげた。「その屏風は末代までの家宝にいたします！」

そういえば、と狄《ディー》判事は思い出した。寺院などの外壁に、六尺以上の高さに掲げた巨大な扁額に「魯《ルー》老筆」と署名されたのがたまにある。醜怪な僧形を新たな目で見直した。

「あんな大きな書をどうやってお書きになるんですか？」とたずねる。

「足場にのって、長さ五尺の筆を動かすんじゃよ。屏風に書くときは上にはしごを渡しておいてな、そいつを踏んで歩く。小者に言いつけたほうがいいぞ、羅《ルオ》、墨を磨《す》って手桶になみなみ入れとけとな！」

「手桶いっぱいの墨なんて、どなたがおいりようですの？」

鈴をころがすような女詩人の声がした。今度は念入りに化粧をして輝くばかりに美しい。うぐいす色の仕立てのいい衣がやや太めの体型を隠していた。皆の会話に加わってきたので、心おきなくその姿を眺められた。博士や張《チャン》と話していても全くひけをとらず、気の置けない文人同士として対等にふるまっている、ふつうの女にはない特徴だが。家族でもない男と心おきなく口をきけるというのは、長い妓女生活をへてはじめて身につくものだ。

老執事が引き戸を開け、羅《ルオ》が客人たちをいざなって宴席に入った。極彩色のたるきを太い朱柱四本が支え、吉祥を願うことばがそれぞれの柱に金で大きく書いてある。右の一本にはこう読めた。

「四海平らかなる日々を共に楽しむ」

べつの柱はその対句だった。

「幸いにも聖明なる天子の世に逢う」

凝った彫り飾りでぐるりをふちどった半月形の戸口が両手にあった。左手はお燗をつける脇部屋へと通じている。右手の控えの間には、六人の楽師からなる楽団が席についていた。笛吹きと胡弓弾きがそれぞれふたりずつ、笙を吹く娘と大きな琴を膝前に置いた娘がひとりずついた。楽団が陽気な《迎賓楽《げいひんがく》》を奏でるうちに、小柄な知事はおごそかに博士と張《チャン》を案内し、奥の壁ぎわに立てた三つ折りの大きな白絹屏風の前に設けた貴賓卓に案内した。二人ともへりくだっていったんはその栄を辞したものの、羅《ルオ》に押し切られるまま席についた。次に狄《ディー》判事が招かれ、張《チャン》に近いほうの左卓についた。続いて導師が右卓の上席に座った。女詩人に狄《ディー》判事の右手に座るよう請うたのち、知事自身はいちばん下座、魯《ルー》導師の隣に座った。それぞれの卓は金刺繍でふちどった高価な紅錦の卓布《テーブルクロス》がかかっている。皿鉢のたぐいは選びぬかれた色とりどりの磁器、酒杯は純金、箸は銀だった。大皿にはさまざまに味つけした肉や魚、火腿《ハム》の薄切り、あひるの塩漬け卵などなど、ありとあらゆるおつまみが山盛りになっていた。広間の壁ぞいに高い燭台がずらりと並んでいたが、卓ごとに手の込んだ銀の燭台に長い紅蠟燭《べにろうそく》が一対ずつさしてあった。女中たちが一座に酒をついでまわると羅《ルオ》知事は杯をかかげ、みなの健康と幸運を祈って乾杯した。それからいっせいに箸を取りあげた。

博士はすぐに張《チャン》と首都にいるだれかれの消息をやりとり

官邸での夕べ

幸逢聖明主

しはじめた。おかげで、判事のほうは女詩人とじっくり話すことができた。いつ金華《チンフア》についたのかといんぎんにたずねる。二日前、隊長ひとりと兵士ふたりに護送されてきたのち、青玉楼裏の小さなはたごに投宿したという。さらに恥じるふうもなく、青玉楼のやりて婆とはかつて都で有名妓楼の朋輩どうしてであり、二人で昔話に花を咲かせたとも話した。「小鳳《しょうほう》に会ったのは青玉楼でしたのよ」と言いそえる。「舞いもうまいし、目から鼻に抜けるほど利口な子ですわ」

「私の眼には、いささか野心が過ぎるようだが」狄《ディー》判事が評する。

「あなたがた殿方は、女のことをおわかりにならないのね」女詩人がそっけなく言う。「それはもっけの幸いかもしれませんわ――私たち女にとってね！」いらいらと博士に視線を投げる。こんどは凝った演説をはじめていた。

「かくて、こよいお集まりのご一同も必ずやご同感と存ずるが、この場をお借りして才ある詩人にして優秀なる為政者、さらに完璧無比なる宴のあるじ羅《ルオ》知事に満腔より感謝の意を捧げようではないか！　ころはよし中秋の佳節なる良夜にて、ここに小なりといえどわれら同心旧知の友よりつどい、ともに和気藹々と祝膳を囲むおりに恵まれた、それもこれもあるじどのの心づくしのたまもの！」輝く目を女詩人に向けて言う。「幽蘭《ゆうらん》、みなのためにこの場をことほぐ詩をよんでくれ！　題は《佳期重会《かきじゅうかい》（このよき日に再会）》だ！」

女詩人は酒杯を取り上げ、しばし片手で回していた。それから、声音ゆたかに朗々と歌いあげた。

　黄金《こがね》の杯に琥珀のうまざけ
　白銀《しろがね》の大皿に鹿肉かんばし
　玲瓏たる声もて歌声響かせ
　値《あたい》高き紅蠟燭《べにろうそく》は真昼の如し

ひと息つくと、羅《ルオ》知事がうれしそうに笑顔でうなずいた。

だが、ふと導師を見れば、ふきげんそうにぎょろ目を光らせて女詩人を見守っている。ついで、対聯《ついれん》がよみあげられた。

酒樽《しゅそん》をみたすは千の生き血
万民より絞り上げたる美味
歌のひびきは怨嗟の泣き声
紅き血の涙もて蠟涙《ろうるい》となす

愕然として、一同声もなかった。郎中は怒りで顔をまっかにしていた。女詩人に怒りのまなざしを向け、声をおさえようと苦労しながら言った。

「ほんの一時のことをことさら詩にするとはな、幽蘭《ゆうらん》。洪水や日照りにあえぐ土地とてあるのだぞ」

「あら、いつでもどこでもあることですわ。それはよくご存じのはず！」女がそっけなく言い捨てる。

羅《ルオ》知事があわてて手を叩いた。楽師たちが心浮きたつ調べをかなではじめ、ふたりの舞妓がすべるようにあらわれた。どちらもとても若い。ひとりは透ける白紗、いまひとりは紺碧紗の長衣をなびかせている。貴賓卓の正面で深く膝を折ると、頭上高く両手を掲げてゆるやかに回りはじめ、長い袖先が大きな輪となって身体をとりまいた。片方が小さな足で爪先立ちすると相方が膝を折り、その動きを交互にめまぐるしくくりかえす。有名な曲《双春燕《そうしゅんえん》》だ。ふたりとも精一杯つとめてはいたが、薄衣から裸身が透けて見えるほうにどうしても気をとられ、いかんせん経験豊かな舞妓の芸がもつ厚みに欠けた。客はというとろくに見もせず、召使たちが湯気のたつ熱い料理を運んでくるあいだ、あたりさわりのない世間話に花を咲かせていた。

隣席でものうげに料理をつつく女の疲れた顔をけどられぬように眺める。あの覚書によると、身をもって赤貧洗うがごとき境遇を経験したこともあり、裏表のないところは感心ではある。だが、それにしてもあの詩はもてなし役の厚意を一顧だにせず、土足で踏みにじるようなものだ。女のほうに身をかがめてたずねる。

「さっきの詩はちと思いやりがないとは思わんか? ちゃらんぽらんな見かけによらず、羅知事《ルオ》はいたってまじめな役人だ。身銭を切ってわれわれをもてなすだけでなく、慈善一般に気前よく私財を投じてもおるのだぞ」

「慈善のお情けなど、誰が欲しがります?」さげすむように問う。

「好むと好まざるとにかかわらず、そういう助けが要る者はまだまだ多い」狄判事《ディー》はあっさり受け流した。この風変わりな女はさっぱりわからん。

音楽がやみ、若い舞妓たちが礼をする。おざなりの拍手が起きた。新たな料理が卓上に運ばれ、新しい酒が注がれた。それから羅《ルオ》が席を立ち、晴れやかな笑顔で言った。

「ただいまの演目はまだまだ序の口にすぎません! 今お出ししました鯉の煮込みのあとで、ほんの少々中座を願いまして、露台から庭の花火をごらんいただきます。そのあとで、この地方ならではの珍しい古舞をお目にかけます。

二本の笛と小太鼓の音にのって、舞妓小鳳《しょうほう》が演じます曲目は、《玄胡行《げんここう》》です」

おどろいた客人のつぶやきがいっせいにあがるなか、ふたたび席についた。

「秀逸だ、羅《ルオ》」博士が叫ぶ。「多年のあいだ見たこともない踊りを、この年になってようやく見られるわけだな!」

「じつに興味深い」郎中が評する。「狐にまつわる古民話があることは、土地の者として承知している。だが、その踊りなるものは初耳だ」

導師がだみ声をあげて羅《ルオ》を問いただす。

「胡媚《こび》の舞など、このような席にはたして……」あとの言葉はにぎやかな音楽にまぎれてしまった。またべつの話題を女詩人に振ろうとしていた狄判事《ディー》だが、ぞんざいにさえぎられた。

「おねがい、あとで! この曲が好きなの。昔はよく踊ったものだわ」

それで、美味このうえない鯉の甘酢煮に判事はもっぱら注意を向けた。おもてでするどく風を切る音がふいにあがる。打ち上げ花火がひとつ、とりどりの鮮やかな光の筋が尾をひいた。

「露台へどうぞ！」羅《ルオ》知事が叫ぶ。屏風側に控える執事に、「あかりを全部落とせ！」

一同そろって席を立ち、露台に出た。狄《ディー》判事は朱塗り欄干《らんかん》の手前に女詩人とならんで立った。女詩人をはさんで羅《ルオ》が反対側に立ち、少し離れたあたりに高《カオ》助役と老執事が連れだっていた。肩ごしに振りむくと、博士の長身が判事の目にぼんやり映った。張《チャン》と導師もそこにいるのだろう。だが広間の灯火やろうそくがすべて消されたために、あやめも分からぬ闇に飲みこまれてしまい、ふたりとも姿が見当たらない。

下の庭では、極彩色の大きな光の輪があの花火台で回りはじめ、まわりにとりつけた爆竹から火花が景気よく散る。回るにつれて速度を増し、色とりどりの星の雨を残してふいに消えた。

「きれいじゃないか！」判事の背で博士の声がした。

おつぎに花束があらわれ、派手な音をたててはじけたと思うと、しばらくして無数のちょうちょうがひらひらと舞った。そのつぎはいろいろな事物をあらわす色あざやかなしるしがつづけていくつもあらわれた。また女詩人に話しかけようとした判事だが、青白くやつれたその顔を見て思いとどまった。すると、女がいきなり羅《ルオ》のほうを向いてこう話しかけた。

「本当によくしていただきまして、知事さま。すばらしい眺めですわ！」

すぐに続いてひとしきり音があがったため、隣の人影が謙遜して述べた答えは聞き逃した。鼻をつく硝煙の臭いが庭からあがってくるなかで、狄《ディー》判事はうれしげに立っていた。たてつづけにあれだけの酒を過ごしたあとだから、臭いのおかげで少しは頭がすっきりする。今度は大きな活人画があらわれ、型どおりにめいめい福・禄・寿を表わす三人組となる。最後の爆竹が鳴り響き、庭はまっくらになった。

「いやあ、楽しかったよ、羅《ルオ》」郎中が言う。博士や魯《ルー》導師ともども欄干《らんかん》ぎわに寄る。口ぐちに知事をほめそやすなかで、幽蘭《ゆうらん》が声をひそめて判事に言った。

「あの福禄寿図はとてもばかげてますわ。かりに幸せなら、富はその福を妨げますでしょ。また、なまじ長寿に恵まれたりすれば幸せからも取り残されてしまうでしょうにね。中に入りましょう、ここは冷えてきたわ。またあかりをつけていることだし」

客人たちがめいめいもとの席につこうとすると、六人の小者がふかしたての饅頭《マントウ》の皿を運んできた。女詩人は立ったままだ。

「行って、小鳳《しょうほう》が踊りじたくをすませたかどうか見てまいります」と判事に言う。「こんなお歴々の御前で踊りを披露して、押しも押されぬ評判の舞妓になりたいって言っておりましたからね。都に召しだされる大望があるに違いありませんわ、きっと!」自分たちの卓のうしろに設けた戸口へと向かった。

「鷹揚なあるじどのに乾杯しようではないか!」博士が声をかける。

みなで酒杯をあげる。判事は饅頭《マントウ》をひとつ取った。なかみは豚肉とねぎを細かく刻んで生姜味をつけた肉餡《にくあん》だ。ふと見れば、導師用には揚げ豆腐の精進料理が特別に出されている。だがそちらに目もくれず、果物の飴がけを太い指で粉々にしながら、女詩人が姿を消した開けっぱなしの戸口にぎょろ目をすえたきり離さない。やぶからぼうに羅《ルオ》知事がからりと音を立てて箸をとりおとした。叫び声をのどにつまらせ、その戸口を指さす。狄《ディー》判事は椅子にかけたままでふりむいた。

戸口に女詩人が立っていた。死人のような青ざめた顔をして、呆然と両手を見ている。両手とも血まみれだった。

11

宴は意外な幕切れを迎え
魯《ルー》導師は聯《れん》を書き上げる

立ったままふらつきかけたところを、手近にいた判事が席からとびたち、片腕をつかんで支えてやった。「けがをしたのか？」鋭くたずねる。

女詩人がうつろな目でみる。

「し……死んでる」あえいだ。「緑の部屋で。大きな傷がぱっくりと……のどに。わ……私の、て、手に……」

「いったいぜんたい、なにを言っとるんだ？」博士がどなる。「両手を切ったのか？」

「いえ、舞妓がけがをしたようです」狄《ディー》判事が陰気に答えた。「手が要るか、われわれで見てまいります」羅《ルオ》を手招きし、ぐったりと腕にもたれかかる女詩人を外に連れ出した。脇のお燗部屋で、高《カオ》助役と執事が女中にさしずしていた。女詩人を見て肝をつぶし、女中がとりおとした盆が床にけたたましく鳴った。すごい勢いで駆け出てきた羅《ルオ》知事に判事が耳打ちする、「あの舞妓が殺された」

羅《ルオ》が助役にどなる。

「院子に走っていって誰も通すなと言え！　検死役人を呼べと書記官に伝えよ！」そして執事に向いて、「官邸すべての門にただちに鍵をかけるよう、おまえがじかに手配せよ。それがすんだら、女中頭を呼ぶのだ！」勢いよくふりむいて、呆然とした女中をどなりつけた。「幽蘭《ゆうらん》さまを露台の端の控え室にお連れするのだ。肘掛け椅子をおすすめして、女中頭が到着するまでおそばについておれ！」

女中の帯にさしてあったふきんを狄《ディー》判事がとり、こんどは手早く幽蘭《ゆうらん》の両手をふいた。傷はない。「緑の部屋にはどう行くのだ？」気を失いかけた女を女中に渡しながら、同僚にたずねた。

「来い！」短く言うや、羅《ルオ》が大広間の左手にあった狭い脇道をぬけた。いきどまりの扉を押し開け、ついで息を呑んで立ちつくした。扉の向かいの暗い階段にちらりと目をやったあと、狄《ディー》判事は同僚につづいて長方形の小部屋に入った。汗と香水のにおいが混じる。ほかに人は見当たらなかったが、白絹張りの高いぼんぼりが小鳳《しょうほう》の半裸死体を照らしていた。あお向けに黒檀の長椅子に倒れている。透けた下着姿で、引きしまった白い脚は力なく床に垂れていた。むき出しの細い腕をまっすぐつきだし、動かぬ目が天井を睨んでいる。喉の左横にできた血だまりが、長椅子に敷いたむしろにゆっくりと広がっていった。血染めの指あとが骨ばった両肩についていた。長い鼻と小さな鋭い歯並びを見せて大きく開いた口、化粧の濃いお面のような顔は狐の鼻面を思わせた。

小さくとがった乳下に、羅《ルオ》知事が片手をあてた。

「ほんの二、三分前のできごとに違いない！」身体を起こしてつぶやく。「凶器もある！」床にころがる、血染めのはさみを指さした。

羅《ルオ》がはさみにかがみこんで調べているひまに、狄《ディー》判事は女の衣類にすばやく目をやった。きちんとたたんで、粗末な鏡台前の椅子にのせてある。隅に高い衣類掛けがあって、袖を広くとった緑絹のゆったりした衣がかかっていた。赤い帯と、肩にかける長い紗布も二枚ある。同僚のほうに向いた。

「踊りの衣装に着がえる直前に殺されたのだ」あの挙人の楽譜を卓上から取り上げ、袖にしまう。入口の右手にある小さな扉に目がとまった。

「あれはどこに続いている？」

「さっきの宴会場だ。壁ぎわに立てた屏風のまうしろに出る」

狄《ディー》判事がとってを回した。細めに扉を開くと、郎中の声が聞こえた。「……羅《ルオ》の屋敷には医者がおるんだ。だから……」

音を立てぬようにそっと扉を閉め、判事は言った。

「そのへんじゅうをよく見ておきたいだろう、羅《ルオ》。私のほうは大広間に戻って、代理のもてなし役をつとめたほうがよくはないかね？」

「ぜひ頼むよ、狄《ディー》！　けがだって言ってくれて、さっきは助かった。そのまま伏せといてくれないか、それならお客も動揺しないだろう。はさみでけがしたとでも言っといてくれ。それじゃ、またあとで。みなにひととおり尋問をすませてからな」

狄《ディー》判事はうなずいて出ていった。お燗部屋で怯えきった召使たちに仕事に戻れと命じ、また大広間に入った。席に戻って言う。

「舞妓がはさみを右足に落とし、血管が切れてしまったのです。女詩人が血止めしようとしたのですが、気が遠くなってしまってあわてて助けを求めてきたのです。おさしつかえなければ、ふつつかながら羅《ルオ》の代理役をつとめさせていただきます」

「そういうことなら、あれだけ動転しても無理はない！」博士が言う。「幽蘭《ゆうらん》にけががなくてなによりだ。あの小娘の小鳳《しょうほう》は気の毒だったが、狐踊りのほうはどうしても見たいというほどではなし。われわれがここにつどった目的はもっと高尚なもの、踊りまわる女を見るためではない！」

「足をけがしたとはあいにくだったな、舞妓なのに」郎中が評する。「さて、これで四人になったからには無礼講でよかろう。この三卓を合わせて一つにせんかね？　もし幽《ゆう》蘭《らん》があらわれたら、また場所をあけてやろう」

「結構ですなあ！」判事が声をあげる。手を叩いて小者たちを呼び、脇卓二つを寄せて主卓につけさせた。導師とども椅子を寄せ、急ごしらえの方卓をはさんで邵《シャオ》と張《チャン》の向かいに座った。女中たちに酒を注いで回るよう合図する。舞妓の早い回復を願って乾杯し、二人の小者が焼きあひるの大皿を運んできて、楽団がべつの音楽をはじめた。それを博士が片手で止め、大声で言う。

「この皿をさげさせてくれ、狄《ディー》！　それと、楽師を下がらせてくれ。飯も音曲もじゅうぶんに堪能した。さて、これからは腰を落ちつけて飲みはじめよう！」

郎中がただちに応じてまた杯をあげ、それから魯《ルー》導師が乾杯の音頭をとった。そして、中座した主人に代わって狄《ディー》判事が三人の客人のために乾杯した。博士が郎中にややこしい議論をふっかけ、古詩と新詩の文体について品評をおこなう。おかげで狄《ディー》判事はそのすきに心おきなく魯《ルー》導師と話すことができた。導師はしたたかに酔っていた。仏戒はどうやら酒にまで及んでないらしい。がさつな顔いちめんに薄膜をかけたように汗光りし、てらつき具合が今までにもまして蝦蟇《がま》に似ていた。狄《ディー》判事が話しかける。

「夕食の前は仏徒でないとおっしゃいましたが、では、なぜ導師と名乗っておられるのですか？」

「その位は若い頃に与えられたものでな、それ以来ついてまわっとるのよ」相手が不機嫌に答える。「確かにな、そういう柄じゃない。死者は葬ったままにしとけというのがわしの持論じゃから」一息に杯をあおった。

「この県には信徒がたくさんおりますな。ある通りなど仏寺が五つも六つも並んでおりました。その一つを見ましたら妙覚寺とありました。どういう宗旨の寺でしょうか？」

今では血走って妙にらんらんと輝くぎょろ目を判事にすえた。

「宗旨は無じゃよ。自己の妙諦に達するにはそれがいちばん早道だと分かったからな。悟りのありかや道筋を教える仏陀などいらんわ。派手な祭壇も、ありがたいお経のやかましい加持祈禱もない。静かなところでな、わしはここに来るといつもあそこに泊まる」

「おい、導師！」博士がよびかけた。「この張《チャン》がわしに言うには、このところ自分の詩がどんどん短くなっとるそうだ！　しまいには二行だけになってしまうというぞ、おまえさんみたいにな！」

「そうあれかし！」郎中が願いを込めていう。両頬をまっかにしていた。張《チャン》は博士ほど酒が強くないなと判事が思った。えらの張った青白い顔は顔色も変わってない。かぶりをふりふり、詩人が続ける。「初めてみたとき、おまえさんの詩は凡作に見えたよ、導師。時には支離滅裂にさえ思えた。だが、どうしても頭から離れず、ある日ふいに要諦がわかった。おまえさんの偉大な聯《れん》に乾杯しよう。では、ご一同！」

みなで杯をあげたのち、詩人は続けた。

「さて、いわばこうしておのおのところを得たわけだから、この家《や》のあるじのため、あの屏風にひとつ揮毫しようではないか、どうだ、導師。並ぶもののないおまえさんの書なら、羅《ルオ》が逃したすばらしい乾杯のかずかずをつぐなってあまりあるだろう！」

醜い僧が酒杯をおろした。

「おまえさんの失言はなかったことにしてやる、張《チャン》」冷たく言う。「わしの書は真剣勝負なのでな」

「おいおい、導師！」博士が叫ぶ。「おまえさんの言い訳なぞいらん。飲みすぎて筆が持てんのだろ？　両脚がもうふらついとるぞ！　そらそら、やるなら今だ！」

郎中が爆笑した。それを無視して、導師は判事に静かに言った。

「あんな大屏風に書くのはひと仕事じゃろう、小者どもはみんな手がふさがっとるし。紙を一枚持ってきてくれれば、この卓上であるじどののために詩を書こう」

「いいだろう！」博士がいう。「わしらは太っ腹だからな！　飲みすぎて大きな字が書けんとあらば、豆粒ほどの小さな字で勘弁してやるわ。あやつらに紙と筆をもってこさせよ、狄《ディー》！」

二人の小者が食卓をかたづけ、女中が白紙一巻きと文具をお盆にのせてきた。狄《ディー》判事は縦五尺、横二尺の厚い白紙を選び、導師が分厚い唇で何事かつぶやきながら墨をするあいだ、きれいにのばして卓上に広げた。肥った僧が筆を取り上げると、判事は両手で紙の上端をしっかり押さえた。

導師が立ち上がる。しばし紙を睨み、ついで一気に筆をおろしてさらさらと二行書きつけた。一行をそれぞれ一筆で書き上げ、その早いこと、確かなことは鞭をひと振りしたようだった。

「いや、なんと！」博士がさけぶ。「これぞまさに、天啓による書と古人が呼んだものだ！　詩の内容にさして興味があるとは世辞にもいえんが、その書こそ、石碑に彫りつけて未来永劫残してしかるべきだ！」

郎中が声に出して詩を読み上げる。

人みな来たりしもとに去る
灯明尽きて火が去るごとし

「よかったら意味を説明してくれないか、導師？」

「断わる」導師がやや小ぶりな筆を選んで羅《ルオ》知事への献辞をしるし、一筆で花押を入れた。「魯《ルー》老筆」

狄《ディー》判事は女中たちに命じて、その紙を壁の屏風の中央に貼りつけさせた。屏風裏の部屋にはあの若い舞妓の死体が横たわっている。墓碑銘にふさわしい気がした。

高《カオ》助役が入ってきた。かがんで狄《ディー》判事の耳になにごとかささやく。判事がうなずいて述べた。

「同僚どのがお報せ申し上げるようにとのことです、みなさま。誠に残念ながら、こよいはこの上のご相伴はどうかお許しいただきたいとのことです。女詩人の幽蘭《ゆうらん》も割れるように頭が痛いのでこのまま失礼するとのことです。願わくば、この場にいならぶお歴々のみなさまが、つたない代理のおもてなしを大目に見てくださるとよろしいのですが」

博士が杯をあおった。口ひげをぬぐって言う。

「よくやってくれとるよ、狄《ディー》。だが、もうおひらきにしようじゃないか、なあ、ご一同」立ち上がる。「羅《ルオ》には明日の朝、礼を述べよう。観月台を一緒に眺めながら」狄《ディー》判事が案内して大階段をおり、助役が郎中や導師の供をしてあとにつづいた。階段を降りながら邵《シャオ》はにこやかにいった。

「今度の機会にふたりでもっとゆっくり話そうな、狄《ディー》。行政上の課題について、きみの意見をぜひ聞きたいものだ。いつだって興味深いよ、若い者がやむにやまれず口にする……」だしぬけにうろんな目を判事に投げた。まるで、もう口に出してしまったことをあらためて吟味してでもいるように。間の悪さを、陽気に声をかけてほぐした。「とにかく、またあした会おう！　おやすみ！」

狄《ディー》判事と高《カオ》助役は三人の客を見送って、幾度となくふかぶかと頭をさげた。そののち、判事がたずねる。

「知事どのはどこだ、高《カオ》さん」

「したの大広間の控え室におられます。ご案内いたします」

小柄な知事は茶卓のそばで肘掛け椅子に背中を丸め、卓上に両ひじをついてうなだれていた。判事が入ってくるのを聞いて、疲れはてた眼で見上げる。丸顔はげっそりやつれ、口ひげさえ、だらりとしかけていた。

「負けたんだよ、狄《ディー》」声がしわがれていた。「何もかもだいなしだ。永遠に！」

12

失意の友をなだめ励まし
妃の階段のいわれを知る

狄《ディー》判事は別の椅子を引き寄せて同僚の向かいに腰をおろした。

「これ以上悪くなるわけがないよ、なにもかも」なだめるようにいった。「自分の官邸で殺しがあれば、それは嬉しくはないさ。だが、そういうことだってあるんだ。この恥知らずな殺人の動機についてだが、宋《スン》の楽譜のことをたずねに行ったとき、あの裏街の笛吹きが面白い話をしていた。客から金品をせしめることにかけては、小鳳《しょうほう》は凄腕だったそうだ。さんざん男をおもちゃにするような女なら、だれかに恨まれてもおかしくない。そういう男のひとりが仕出し屋や出入り商人のどさくさにまぎれて忍び込み、あの戸口向かいの暗い階段づたいに緑の部屋にたどりついたんだ」

それまで羅《ルオ》は話を聞くどころではなかった、が、こんどの話で頭をもたげ、疲れた声を出した。

「階段を降りたところの入口は、ここに来てからずっと鍵をかけてある。うちの女どもはいつもおとなしく言うことを聞くとは限らんが、あの〈妃の階段〉を使わせる気にはまだまだなれんね、とうてい」

「〈妃の階段〉？　なんだ、それは？」

「ああ、そうか。きみは最近の詩を読まないんだっけ。この二十年前の住人、かの悪名高い九親王は、逆賊のみならず骨の髄まで恐妻家だったたって事実があるんだ。あんなまずいやりかたで叛旗をひるがえしたのは、妃にうるさく尻を叩かれたせいだという説もある。いわゆる〈垂簾《すいれん》の政《せい》〉つまり実権は妃が握ってたんだ。宴席の大広間裏にあの控えの間を作らせ、あの階段で下の側廊とつなげて後房とじかに行き来できるようにしたのは妃のさしがねだ。今と同じに、広間の奥には高い屏風が立っててね。側近を従えた九親王があの屏風の手前の玉座につくと、妃のほうは控えの間に入り、みずから屏風の裏に立って話し合いのなりゆきにじっと耳をすましていた。もしも屏風を叩く音がひとつ聞こえたら否、ふたつなら諾と言うさしずだと王に教えこんでいた。よく知られた逸話でね、〈妃の階段〉といえば恐妻家の謂《いい》で比喩によく使うよ」

狄《ディー》判事がうなずく。「それで、かりに下手人が裏階段を使えなかったとすれば、どうやって……」

羅《ルオ》は深いため息をつき、悲しげにかぶりを振った。

「わからんのか、狄《ディー》？　動転しとったあの女詩人のやつにきまっとるだろう！」

判事が椅子に座りなおした。「無理だ、羅《ルオ》！　幽蘭《ゆうらん》がまさか、緑の部屋に入ってすぐあの舞妓を……」いいかけて口をつぐんだ。「なんたることだ！」とつぶやく。「そう、即座にできたにきまっとる。だが、いったいなぜだ？」

「私の覚書であの女の経歴を読んだろう？　はっきりわかるように書いたつもりだが。あの女は男という男に食傷していたんだ。だから小鳳《しょうほう》に会って、すっかり夢中になった。わざわざあの舞妓をつれて、うちの執務室に来たときはちょっと妙だと思ったね。〝ねえ、あなた〟だの〝そうね、あなた〟だの！　今晩だってずいぶん早くから宴会場入りしてたんだぞ、あの舞妓の支度を手伝うって名目でな。手伝うとはまたよくもまあ！　三十分以上はあの緑の部屋にたむろしてたんだ。あの舞妓のあまの機嫌取りさ、もちろん。脅されたんだな、洗いざらいばらすぞってね。それであのいまいましい女詩人のやつ、宴の中盤あたりで口封じを決行したんだ」

「舞妓に脅されただけでか？」狄《ディー》判事が疑いをはさむ。

「たかがそれしき、幽蘭《ゆうらん》が気にするものか！　過去にあった男出入りの数を思えば……」ぴしゃりと額を打った。

「すまん、羅《ルオ》！　今晩はちっとも気が回らんで。なんたることだ！　あの舞妓がことを公にすれば、幽蘭《ゆうらん》を首斬り台に送りこめる！　殺された女中の恋人の証言を裏づけるからな、がぜん不利になるわけだ！」

「まったくだ。四川を離れるもとになった情事はうまいこと闇から闇へ葬られたことだし。例の若い女は州長官の娘という話だから、あの住まいから体面にかかわるような証拠があがる危険はまったくない。だが、商売女の舞妓が法廷に現われでもしたら、歯に衣きせずに詳しくどぎつい話をしてくれるさ。ほかならぬここで、お役人がたが宴をひらいていた広間のすぐ隣で、どんなけしからんことが起きてたかとな！　そうなったら、幽蘭《ゆうらん》はこんどこそ永遠に身の破滅だよ！　八方ふさがりだったんだ、あの女詩人は」

肉づきのいい片手で汗だくの顔をごしごしやる。「だが、八方ふさがりったって、いまの私ほどじゃない！　この県の知事として、自県を通過する囚人を引きとめるのは当然の権利だ。だがもちろん、あの女の身柄は責任もって管理監督すると護送隊長に文書で保証しなきゃならなかった。

この官邸内での囚人の行動に完全に責任を持つと明言したうえ、押印署名つきでね。それをあの女、こんどはここで人殺しなどしでかしおって。しかもだぞ、もっかの嫌疑と寸分たがわぬ性質の事件じゃないか！　厚顔無恥にもほどがあるぞ！　ことの尻拭いを私におしつけ、外部の者が押し入ったのだと報告してもらおうって魂胆にきまっとるさ！　一蓮托生だってわけだ。だが、見そこなうなよ！」

ため息をついて、知事が暗い顔でつづけた。

「まったくついてないよ、狄《ディー》！　この恥さらしな一件を報告するが早いか、職務怠慢と罪人への注意不行き届きのかどで都の裁判所につるし上げられるぞ。おとがめを受けて左遷、瘴癘《しょうれい》の地に遠流だ――それですめばいい方だがな。このうちにあの女を招きいれた理由に、失意のどん底にある名高い女詩人への心尽くしで都のお偉方への心証をよくしようってのもひとつあったんだ。それを思うと、まったくなあ！」大きな絹の手巾《ハンカチ》を袖から取り出し、顔をふいた。

狄《ディー》判事は椅子にもたれた。太い眉をひそめる。友はいまや泥沼に首まではまっている。博士の口ぞえで裏から手を回してもらうことはむろんできない相談ではなかろう。だが、かりに世間に知れれば博士とて泥をかぶらずにはすむまい。その一方で……いや、先走りすぎてはいかん。自分を抑えて静かにたずねた。

「当の女詩人はなんと？」

「あの女か？　本人が言うには、緑の部屋に入ったら舞妓が豚みたいに血を流して倒れてたっていうんだ。それで駆けよって、どこをどうしたか確かめようと肩に手をかけて抱き起こしたんだと！　死んでいるとわかり、こちらに助けを呼びに走った。今この時にも一番めの家内の部屋で寝椅子にのびとるよ、やれ冷たい手ぬぐいだなんだと、手とり足とり介抱を受けてな！」

「下手人の心当たりについて、何かいっとらんかったか？」

「言ったともさ。なかみは裏街の笛吹きが言ったのと同じだが、言い方はだいぶちがっとったな。小鳳《しょうほう》は潔癖だったばかりに、おおぜいの汚らわしい男どもに目の仇にされとったんだと言いはるんだ！　誰かすげなくされたやつが忍び込んで殺したってわけだ。いちばん安易な解決法を暗にほのめかしてたんだよ！　こちらはとくになにも言わなかった。さしあたっては、あの舞妓は事故だったという話で通してくれと言っといただけだ」

「検死役人の報告はどうだった？」

「目新しいことは何もないし、見当もつかん、狄《ディー》。確かなのは、殺されたのはわれわれが死体を見た直前、せいぜい十分か十五分前だってことだけだ。ついでに処女だったそうだ。ちっとも不思議じゃないね。あんなしゃくれ顔で、胸もないし！　それでだ、生きている姿を最後に目撃したのは若い舞妓二人で、荷物をまとめて青玉楼にひきあげる直前に小鳳《しょうほう》に茶菓を運んでやった。そのときは何の不都合もなく、ぴんぴんしてたんだ」

「小者どもはなんと？　楽師のほうはどうだ？」

「まだ外部の誰かのしわざだと思っとるのか？　そうそううまくいくか！　助役ともども、ひとり残らず聞き込みを進めてるよ。楽師たちは広間の脇部屋から花火を見たが、誰も部屋から出なかった。そしておおぜいの小者どもがしょっちゅう出入りしとったから、大階段や露台の両端の階段から、きみのいう外部の者が人知れず二階に上がるのは無理だ。誰かあの舞妓とかかわりあるやつが出てこんかと、みなをきびしく問いつめてもみた。何も出てこなかった、潔癖だったもんでな！　それにあのはさみ、いうまでもなく典型的な女の武器だ。すばらしい、完全無欠だ！　すばらしく単純明快だ」拳でがんと卓上を打ちつけた。「まったくなんてことだ、この先、なんたる試練か！　国中を揺るがす大騒ぎになるぞ！　しかも、その被告がこともあろうに私だとくる！　前途洋々たる役人の、汚辱にまみれた末路だ！」

判事は頰ひげをなでなで、しばし黙って考えこんだ。とうとう疑わしげにかぶりをふる。

「代案はあるがね、羅《ルオ》。やはりきみの気に入るまいよ！」

「きみってやつは気休めを言えん男だよ、大兄。だが、とにかく話してくれ。いまのぼくは、おぼれるものは藁をもつかむってやつだよ！」

狄《ディー》判事が両肘を卓上についた。

「三人以上の容疑者がおるんだぞ、羅《ルオ》。つまり今夜の客人がた三人だ」

小柄な知事がとびあがった。

「夕食の席で飲みすぎたか、狄《ディー》！」

「かもしれん。さもなければもっと早くに思い至ってたさ。そろって露台に出て、花火見物していた時のことを思い出してみろ、羅《ルオ》。ふたりであそこの欄干前にいたときの状況を思い出せるか？　私の左に女詩人、そのまた隣がきみだった。おたくの助役と執事はちょっと離れたあたりに立っていた。それでだ、花火はきれいだったがね、じつはときどきまわりを見回してたんだが、欄干のそばを動いた者はだれもいなかった。だが、邵《シャオ》と張《チャン》と導師についてはわからん。うしろのほうにいたからな。博士ははじめごろにほんの一瞬、それと花火の終わりにもういちど、その時は張《チャン》と魯《ルー》導師と一緒に前に出てきた。その三人のうちひとりでも、花火が上がっているさなかに見かけたか？」

大またに床を歩き回っていた知事が、こんどは足をとめてまた腰をおろした。

「花火のはじめごろだがね、狄《ディー》、郎中は私のすぐうしろに立ってたんだ。場所を譲ったんだが、肩越しでもよく見えると言われてね。魯《ルー》導師もちらりと見かけた。張《チャン》の脇に立ってたよ。ちょうど中ごろで、花火のいろんなしるしの中に仏教のがなくてすみませんと言おうとしたんだ。だが、あたりを見たが誰もいなかった——宴会の広間はまっくらだし、花火の光で目がきかなかったしな」

「思った通りだ。さて、いましがたきみ自身が指摘したように、妃の階段についての逸話と、その階段が通じている控えの間への戸口が広間奥の屏風の裏にあることは、詩人なら誰でも知っている。つまり、緑の部屋であの舞妓を殺す好機はお客三人ともにあったわけだ。花火の直後に踊ることはあらかじめ席上できみが伝えていたから、あの部屋にいることはわかっていた。簡単かつ効果的な計画を実行に移す時間はたっぷりあった。小者どもがあかりをすっかり落としたとき、だれもかれも庭に気をとられていたから、下手人は広間に戻って屏風の裏にすべりこみ、緑の部屋に入った。ふたことみこと優しい言葉をかけながらはさみを手にとり、殺したんだ。そのあとは同じ道順をたどって平然と露台に戻ってきた。はじめから終わりまで、ものの三分とかからなかったはずだ」

「かりに戸口に鍵がかかっていたとしたら、狄《ディー》？」

「その場合は戸をたたけばすむことだろう。花火の音のほうがやかましいからな。で、かりに小鳳《しょうほう》が女中といたって、花火に飽きたからちょっとおしゃべりしに寄ったと言いさえすればいい。殺しの計画はまたのおりまで延ばせばいいんだから。殺しの計画としては上出来だよ、羅《ルオ》」

「きっとそうだろうな、きみがそう思うんなら」羅《ルオ》は考え考え言うと、短い口ひげをひっぱった。「だがまったく、狄《ディー》。ばかげとるにもほどがあるぞ、こういう大物のひとりが……」

「あの三人の人となりについてどれぐらい詳しい、羅《ルオ》？」

「うーん……名士というのがどんなもんかわかるだろう、狄《ディー》。三人とも二、三度会ったことはあるが、いつも取り巻きと一緒だし、話題といえば文学や芸術なんかだね。いや、実際の人となりについてはほとんど知らんといっていい。だが考えてもみろよ、大兄！　あの三人の地位とすばらしい経歴を！　変な噂を流したりしてみろ、世間がなんというか……導師はむろん別だよ、ものにこだわらんからね、まったくもって！　あの人も、ずっと前からあんなに浮世離れしてたわけじゃないんだ。かつては湖県のさる大寺をとりしきっていてね、おおぜいの小作どもから血も涙もなく搾りとってたんだ。むろん、あとで悔い改めたわけだが……」苦笑する。「本音を言えば、この新たな進展にはまだついていけんよ、狄《ディー》！」

「よくわかるよ、羅《ルオ》。あんな名士三人に殺しの疑いをかけざるをえないと思っただけで、胸中お察しするよ。導師といえば、きみにと言って夕食の席でみごとな達筆ぶりを披露してね、あの壁の屏風に貼らせておいた。さて、すばらしい才能や高い地位についてはひとまずおいといて、あの三人が単なる殺人《ころし》の容疑者だと思うことにしよう。三人とも機会があったのはわかった。次なる疑問は動機だ。まずは何をさておき、おたくの客人は三人とも以前に一日二日ぐらいはことだ。おたくの客人は三人とも以前に一日二日ぐらいは金華《チンファ》に来たことがあるようだから、ということはつまり、今日の午後に紹介される前に小鳳《しょうほう》とすでに顔見知りだった可能性がある。ちなみに三人に会ったとき、あの舞妓はどんなようすだった？」

「ああ、邵《シャオ》と張《チャン》を二階に連れて上がって宴会の広間を見せていると、ちょうど幽蘭《ゆうらん》とあの舞妓が入ってきてね、それで私が引き合わせた。そのあとで露台からしたを見ていると、うちの胡仙祠の前で、小鳳《しょうほう》が魯《ルー》導師に駆け寄ってた。あの裏の小部屋が導師の客室なんだ」

「なるほど。さて、きみが青玉楼から戻ったら、ふたりで公文書庫に行って、宋《スン》がずっと調べていた書類をつきとめなくては……」

「なんたることだ！　あの殺された挙人か！　懸案の殺人事件がひとつならずふたつも！　待てよ、うちの執事が宋《スン》の家主についてまた何か言ってなかったか？　ああそうそう、あいつの手下があの界隈をかぎまわったが、例の茶商人は近所ですこぶる評判がいいんだ。不行跡もうしろぐらい取引もまったくない。流れ者の賊のしわざだという推理をやけに押しつけようとしたのも、たんに頭の冴えをわれわれに見せたかっただけじゃないかな？　しろうとは捜査のまねごとが好きだからね！」

「そう、孟《モン》ははずしていいだろう。孟《モン》の娘と宋《スン》がことによると密かに恋仲だったという線もいちおう考えてはみたんだが。若くてきれいな娘だし、女中の話では夜に宋《スン》が笛で吹いていた恋歌を自室から聞いてたそうだから。仮にその関係が孟《モン》に知れたら……だが、宋《スン》が好意をもち、銀の飾りを買ってやろうとした相手は鬱金《うこん》だと、今ではわかっている。それに、鬱金《うこん》との話で父親を殺した容疑者についてはひとことも口にしなかったのに、家主のことは話していた。だから、茶商人に不利な点はまったく見あたらない」長い黒ひげをなでた。「小鳳《しょうほう》に話をもどそう。われわれは鬱金《うこん》の父親の人相についてたずねるつもりだった。玄胡衕の堂守が私生児で、父親はいまだに金華《チンフア》付近に住んでいるとあの舞妓が話していたかどうか、青玉楼で訊いてみるのもいいかもしれん。明日の計画を立てようじゃないか、羅《ルオ》。まず第一に、きみが青玉楼に行く。第二に、おたくの古い公文書庫で殺された挙人が興味を持っていた十八年前の事件を一緒に調べる。第三に……」

「ぜひとも青玉楼のほうはきみがひきうけてくれよ、狄《ディー》！妻と子どもたちに約束したんだ、第四院子にあれたちが作った観月台をお客人がたに見せるとね。明朝はそちらに行くことになっている。うちの老母の気分がよければ、やはりそちらに顔を出すはずだ」

「わかった、朝食後すぐに青玉楼に行ってくる。あそこのおかみに宛てた紹介状を私の部屋に届けてくれないか、羅《ルオ》。そちらがすんだら観月台のほうに合流するよ。その後はなるべく早く一緒に公文書庫に出向いて調べよう。第三についてだが、こちらは私ひとりで手配せざるをえん。つまりだ、玄胡衕に行って鬱金《うこん》を説き伏せ、あのぞっとする場所から連れ出すんだ。ここならあの娘をおいておけるような隔離場所があるだろう？」同僚がうなずくと、判事はゆっくりと続けた。「狐どもや、あのおぞましい〝いい人〟と引き離すのはひと苦労だろう、だが何とかなると思う。鬱《う》金《こん》といえば、羅《ルオ》、ひとつ言っとくことがある。魯《ルー》導師はあの荒地のすぐ近所に泊まっていたんだ。それにあの僧はいっぷう変わった持論があって、人間のうちにはとくに狐と心を通わせる者がいるというんだ」口ひげをひっぱる。「父親の体格は太いか細いか、鬱金《うこん》に聞いてこなかったのはあいにくだったな」

「ばかを言うな、狄《ディー》！」羅《ルオ》がいらだった。「鬱金《うこん》が言ってたじゃないか。あの舞妓の話じゃ、そいつはいい男だったんだろ！」

判事は満足そうにうなずいた。上の空のようでいて、同僚は人の話をじつによく聞いている。

「なるほど、たしかにそう言っていたな、羅《ルオ》。だが、小鳳《しょうほう》はあの哀れな娘を喜ばせようとしただけかもしれんぞ。昼食後にあの破れ祠に行ってあの娘をつかまえ、なにしろ細心の配慮を要する仕事だから午後いっぱいかけるつもりだ。ただし、州長官の呼び出しがくれば、むろん話はべつだが」

「それだけは勘弁してくれ！」羅《ルオ》がぞっとして声をあげる。

「どれだけありがたく思っとるか、きみにはわからんだろうよ、狄《ディー》！　おかげで、ゆくてにひとすじの光明がさしてきたんだ！」

「非常にかぼそい光であいにくだが。ところで碧崖《へきがい》での宴だが、何時からだ？　まちの外にあるんだろう？」

「そうだよ、このあたりじゃいちばんの名勝だ、大兄！　もよりの山地の高みにあってね。まちの西門から轎《かご》で三十分ほどだ。昔から登高《とうこう》といって、中秋は高いところに登って祝う慣わしだからね！　何百年もたった松の森はずれに、あずまやがひとつあるんだ。きっと気に入るよ、狄《ディー》。午後のうちに小者たちを先にやって、すっかり用意させておく。われわれも六時頃にはここを出ないと日没の景色に間に合わない」立ち上がった。「真夜中すぎだし、私はへとへとだよ、狄《ディー》。二人とももう寝たほうがいいだろう。だが、どうでもその前にちょっと二階に上がって、魯《ルー》導師の書を見てこないと」

狄《ディー》判事も腰をあげた。

「達筆だよ」と言う。「だがその内容たるや、もしや舞妓の死を知っていたのではないかと思わせる」

13

青玉楼ではおかみが困り
執務室では知事がこぼす

狄《ディー》判事は朝早く目が覚めた。引き戸を開け、ねまきのまま側廊に出て、さわやかな朝の空気を楽しむ。庭の岩は陰になっていた。朝露がまだ竹の葉にうっすらと残っている。

奥の官邸からはなんの音もしなかった。誰もかれも寝過ごしているようだ。小者たちは真夜中をだいぶ過ぎるまで宴のあとかたづけに追われていたはずだ。だが、前方の政庁敷地からは大声の号令と武器の音が聞こえてきた。守衛たちの朝教練だ。

ゆっくり手水をすませたあと、狄《ディー》判事は青絹の寛衣にしっかりした黒紗角帽をかぶった。手をたたいて、寝ぼけまなこの侍童に漬物をそえた白粥と茶籠を持ってくるように言いつけた。戻ってきたのをみると、お盆いっぱいに食べものがのっている。白いごはんに漬物の盛り合わせ、鶏の冷菜、かにたま、豆腐の煮込み、油条《ユーチャオ》入りの竹箱、それに薄切りにした新鮮な果物が一皿。どうやら、この邸ではこういう贅沢な朝食がお決まりのようだ。おもてに食卓をしつらえるよう命じて、側廊の軒下に出た。

食べはじめてすぐ、書記が封をした手紙を持ってきた。同僚どのからだ。

大兄

これから執事があの舞妓の死体を青玉楼に運んでいく。そのさい、本件のことはあした政庁で一件を取り上げるまで伏せておいたほうが身のためだと、あそこの連中に念をおしてこさせるつもりだ。おかみに宛てた紹介状を同封しておく。

愚弟　羅寛充《ルオクワンチユン》　頓首

その手紙を袖にしまったあと、朝の散歩をしたいので政庁の脇門に案内するよう書記に命じた。通りの角で小さな轎《かご》を拾い、青玉楼にやってくれと命じた。朝市《あさいち》に向かう人でにぎわう通りを行く道すがら、ふしぎに思う。あれだけおおぜい使用人がいるのに、同僚どのはあの舞妓が死んだという事実をどうやって伏せておけるのか。おそらくあのぬけめない老執事がぬかりなく手を打っているのだろう。お屋敷街の静かな一角にある、じみな黒塗り門の前で轎《かご》がおりた。家が違うのではとあやうく言いかけたが、小さな門柱に「青玉楼」としるした真鍮の表札がおりよく目に留まった。

仏頂面の門番に通されると、きれいに手入れされた甃《いしだたみ》の院子に出た。白大理石をくりぬいた水盤に花の鉢がいくつか入れてある。奥には、両開きの朱塗り扉に掲げた白い扁額に青字で大きく「花中臨永春」とあった。花押はなかったが、書体はやけに同僚どのをほうふつとさせる。

あばたづらのがっちりした悪党がうさんくさそうにあの手紙を受け取ったが、裏を返して大きな政庁官印を見たとたん、さかんにお世辞を使いはじめた。判事を案内して、美しい花壇を囲んで朱彫り欄干《らんかん》をめぐらした吹き抜けの側廊をたどる。小さな控えの間に通され、狄《ディー》判事は磨き上げた白檀の茶卓についた。足もとはやわらかな青い緞通《だんつう》、壁面はくまなく青錦《あおにしき》におおわれ、紫檀彫りの卓上にのせた壁ぎわの白磁香炉から、高価な竜涎香の煙がたちのぼる。開けはなした引き戸ごしに、庭をへだてて二階建ての角がわずかに見えた。金塗り格子窓の露台から、琵琶の爪弾《つまび》きが聞こえてきた。室内の妓《おんな》たちが稽古を始めたのだろう。

黒い紋織緞子《もんおりどんす》をまとった大女が入ってきた。すました顔の女中が、お茶盆を捧げてすぐあとにつづく。青玉楼のおかみは長い袖に両手を入れ、ていねいに歓迎の辞を述べた。こすっからい金壺眼に、しまりなくほほのたるんだ顔をひとめ見て、虫が好かないと判事は内心で断じた。「官邸の執事がすでに来たと思うが？」そう言って、おかみのおしゃべりをさえぎる。

茶盆を卓上にのせたら、しばらく下がっているようにと女中に言いつけたおかみが、大きな白い片手で衣紋をつくろいながら言う。

「このたびはまことにあいにくな不調法でございまして、身分の高いお客様がたにご迷惑をおかけしたのでなければよろしいのですが」

「お客がたには、舞妓が足にけがをしたとだけお伝えした。あの娘の書類を見せてくれないか？」

「そうおいでなさると思っておりましたよ、旦那さま」おかみはしたり顔で応じた。

袖から書類束を取り出して判事に渡す。見るべきものは特になかった。小鳳《しょうほう》はある野菜仲買人の末娘で、上に娘が四人いて、嫁にやる金がもうないというだけの理由で三年前に売られてきた。売られたさきの家で有名な師匠から踊りの稽古をつけてもらい、読み書きについても初歩の手ほどきを受けた。

「お客か、さもなければここの朋輩に特に親しくしていた者があるか？」判事がたずねた。

おかみが大仰なしぐさでお茶をついだ。

「こちらの店をごひいきにしてくださる紳士がたですが」と落ちつきはらって言う。「ほとんどみなさんが小鳳《しょうほう》をご存知でした。踊りは絶品でしたから、宴席にひっぱりだこだったんです。器量のほうは今ひとつでございましたので、特にごひいきになさっていた方々はご年配の方が数人だけでした。男の子のような姿かたちがたぶんお気に召したんでしょう。あの妓《こ》はいつもお断わりしておりましたし、私も無理強いはいたしませんでした。踊りだけでじゅうぶん稼げましたから」話しつづけるにつれて、なめらかな白い額にうっすらとしわがよった。「おとなしい妓《こ》でしてね、たしなめられることはまずありませんでしたし、踊りの稽古となるとそりゃあ熱心でした。でも他の妓《こ》には嫌われておりましてね。やれ……くさいとか、じつは人間に化けたいじわる女狐《めぎつね》なんだとかって。ほんとに、あれだけの数の娘たちに言うことを聞かせるって並大抵じゃございませんよ、旦那さま……えらく辛抱が要りますし、親身な思いやりも……」

「これまで誰かを脅したりするようなそぶりが少しでもあったのか?」

おかみがもろ手をあげて抗議した。「後生でございます、旦那さま!」声高にいうと、非難がましく目をとがらせた。「うちの妓《こ》はみんな心得ております。どんなことであろうと、お上ににらまれるようなまねをまっさきにしでかそうとした妓《こ》は、すぐさま服をはいで、立ったまま鞭打ち杭《くい》にくくりつけられるんでございますよ。このうちは昔からいい評判をいただいておりますんです! 心づけでしたらもちろん頂いておりましたですよ、それに……まあねえ、値をつり上げることにかけちゃ凄腕のようでしたけれども、その、ええ……まあ、いろいろと。でも、どれもしごくまっとうなやりかたでございました。おとなしい妓《こ》でしたから、玄胡祠《げんこし》の堂守気どりでいるあの妙ちきりんな女にたまに会いに行くのも大目に見てやっておりました。小鳳《しょうほう》が会いに行ってたのは、あすこで仕入れてきたいろんな面白い歌がお客様がたに受けたからってだけなんですけどね」薄っぺらい口をつぐんだ。「南門の界隈にはありとあらゆるたちの悪い流れ者がうろついてますし。そういうやつらと、ためにならない付き合いでもしてたに決まってます。それで、その男があんな血も涙もない殺しをやらかしたんでございますよ。あの妓《こ》の踊りの稽古にかけた大金のことを考えますと……」

「玄胡祠《げんこし》の堂守についてだが、以前に逃げたというのはこのうちか?」

またもやおかみは目をとがらせた。

「違います! あの娘は東門近くの小さなうちに売られたんです。たいそう下等なうちでございまして、人夫だのそこらのくずどもが常客《おなじみ》です。そのう……淫売宿でございますよ。旦那さまの前で、なんでございますが」

「わかった。小凰《しょうほう》がこれまであの堂守の話をしたことがあるか？　実は捨て子ではないとか、父親《てておや》がまだ生きていて、この街にいるとか」

「いいえ、いちども。あの女のとこにお客が……男のお客があるのかいって、いちどそうたずねましたら、玄胡祠《げんこし》に行く人間はこれまで自分だけだって言っておりました」

「女詩人の幽蘭《ゆうらん》は、あの舞妓が死んでさぞがっかりしたろう。どちらかが特に入れあげていたのか？」

おかみが視線を落とした。

「幽蘭《ゆうらん》さまは、はた目にもあの舞妓の控えめでうぶなふるまいがお気に召しておいででした」こわばった声で答える。それからあわてて言い足した。「それにもちろん、踊りの才もです。これでも女同士のそういう仲にはとても鷹揚なんですよ、旦那さま。あのお方とは都でおつきあいがありましてね、以前にですが……」みっしり肉のついた肩をすくめた。

狄《ディー》判事が立ち上がる。おかみに案内されて門のとこに行く間、さりげなく言った。

「小凰《しょうほう》の踊りが見られなくて、博士と張攬博《チャンランボウ》どのと魯導《ルー》師ががっかりしておられた。きっと、以前にもごらんになったのだろう」

「それはまずありっこないと存じますが、旦那さま！　おふたりのおえらがたのほうは、たまにこの県においでになりますが、公私共に宴席にお出ましになったことはまずございません。それがこのたびは知事閣下のご招待をお受けになったというので、街ではたいそうな評判になっておりました！　でも、羅《ルオ》さまはあんなにいいお方ですものねえ。いつだってそりゃあお優しくて、もののわかった……そのお坊さまのお名前は、なんておっしゃいましたっけ？」

「なに、気にせんでくれ。それではこれで」

政庁に戻ると、書記をやって羅《ルオ》知事に戻ったと伝えさせた。同僚は執務室にいた。うしろ手に組んで、窓辺に立っている。ふりむいて、げんなりと言った。

「ゆうべよく眠れたんならいいが、狄《ディー》。こっちは最低の夜だったよ！　真夜中を一時間回ったところで、ほうほうのていで主寝室にはいこんだ。そこならぐっすり眠れるとあてにしてたんだ、うちの一番めのやつはいつも早く休むから。だが、行ってみればぱっちり目を開けててね、寝台の前に三番めと四番めがつっ立って、お互い声高にののしりあってるんだ！　一番めのやつ、どうでもあなたが仲裁をやれだと。あげくのはては四番めのところに行って、さらに一時間も寝かせてもらえなかった。そのあいだじゅう、くどくどこまごまといさかいの一部始終をたっぷり話してくれたよ！」芝居がかったしぐさで机上の大きな公用封書を指さした。「あの手紙は君あてだよ、州長官の特使が持ってきたんだ。もし、長官のお召しだったら、ぼくはその河に身を投げっちまうよ！」

狄《ディー》判事は封を開けた。州長官からの短い公式通告で、召し出しに及ばず、いたずらに遅滞せずにすみやかに任地に戻れとあった。「いや、蒲陽《プーヤン》に戻れという命令書だ。いくら遅くとも明日の朝にはこちらをたたねば」

「やれ助かった！　じゃあ、少なくとも今日いっぱいは大丈夫だな。あのおかみから何か聞きだせたかい？」

「例の事件で幽蘭《ゆうらん》の立場が悪くなるような事実ばかりだ、羅《ルオ》。まず、あの女詩人はじっさいにあの舞妓に好意を寄せていた。第二に、三人の客人のうちこれまで青玉楼をおとずれたものはひとりもいないし、以前に舞妓と会ったこともおかみの考えではまずありそうにないという」小柄な知事が陰気にうなずくのをみて、こんどはあべこべにたずねた。「今日の午後のことだが、お客人がたの予定を知ってるか？」

「四時に書斎に集まり、私の最新作の詩集をみんなで読んでから論じ合うことになってる。これまでどんなにその詩会を楽しみにしてきたかと思うとねえ！」悲しげに、丸っこい頭でかぶりをふった。

「かりに三人のうち誰かが昼食後に外出したとして、おたくの執事の部下たちは相手にけどられずにあとをつけられると思うかい？」

「なんてことを、狄《ディー》！　お客のあとをつけるだと？」ついで、観念したように肩をすくめた。「まあねえ、どのみち役人としての将来はもうないだろうし。いいよ、いちかばちかやってみようじゃないか」

「結構。もうひとつ、おたくの南門の門衛隊長に命じてほしいことがあるんだ。武装した門衛二名をあの荒地の入口向かいにある屋台のひとつに配置し、門から眼を離さんようにに言っといてくれ。誰であれ玄胡祠に入ろうとするものがいたら、ただちに捕らえさせろ。あそこにいるあの哀れな娘に何かまずいことが起きてほしくないんだ。それに、今日の午後から私がじかに出向いたとき、その門衛たちの手が要るかもしれん。客人がたはいま、どこにいるんだ？」

「朝飯中だよ。幽蘭《ゆうらん》はうちの一番めのところにいる。おかげで一緒に公文書保管庫に出かけるひまができたよ、狄《ディー》！」

手をたたいて巡査長を呼び、南門に行って門衛隊長にじかに指示をだせと命じる。ついでに、何かあったら公文書保管庫にいると高《カオ》助役に伝えさせた。

知事は狄《ディー》判事を連れて迷路のような回廊を抜け、涼しくて広い部屋に入った。四方の壁面ははるか高い格子天井まで届く大きな棚になっており、赤革の文書箱や台帳や事件調書が積んであった。革箱用の磨《みが》き蠟《ろう》や紙にはさんだ虫よけ樟脳の香りがここちよい。がんじょうな大卓が赤磚《タイル》の床中央にでんと鎮座し、卓の片端に老書記がいて書類を整理していた。はるか向こうの端で、魯《ルー》導師が文書のひとつにかがみこんでいた。

14

古い書類に過去をたずね
観月台に老婦人を見舞う

肥った僧は、こんどは錆びた鉄の肩留めつき茶の麻衣だった。おもおもしく二人の知事から挨拶を受け、ついで昨夜の書に対する羅《ルオ》知事の感謝感激にだまって耳をかたむけた。そのあと、太い人さし指で目の前の書類をかるく叩いて、だみ声で言う。

「例の二百年前の農民反乱を調べに寄ってな。南門のところで叛徒がおおぜい殺されたんだ。かりに、そのときそこで剣に仆《たお》れたものたちがみな生き返ってみろ、門に近づくことすらできまいて！　この書類がいるのか、羅《ルオ》？」

「いいえ、ちょっとある書類を捜しにきただけですから」

導師は蝦蟇の目でじっと睨んだ。

「ふん、そうなのか？　まあ、よしんば見つからんでも、この部屋を閉めきっておたくの胡仙祠にお香でもあげればすむ話だ。それで戻ってくりゃ、お目当ての書類はそのへんの棚の書類のてっぺんに、すぐ目につくようにつっこんであるさ。胡仙は役人を助けるからな。気が向けばだが」

書類を閉じて立ち上がった。「さて、そろそろ観月台を見に行くころじゃないか？」

「ただいまご案内いたします！　あとできみもきてくれよ、狄《ディー》。やあ、助役が来た！　ご同僚どのが書類を見つけるお手伝いをしてさしあげろ、高《カオ》！」

うやうやしく導師に扉を開けてやり、羅《ルオ》が部屋を出て行った。

「何か御用でしょうか？」高《カオ》助役がきまじめな口調でたずねる。

「戌《いぬ》年に、こちらで未解決の殺人事件があったと聞いた。

その事件の一件書類を見てみたいのだが」

「戌年と申しますと、例の九親王の悪名高い陰謀があった年ですな！　ですが、未解決の殺人事件でございますか、さて、そんな書類はとんと覚えがございませんが。あちらの白ひげなら知っておりますでしょう。生まれも育ちもここですから！　おおい、ちょっと、劉《リウ》、戌年に迷宮入りした殺人に心当たりがあるか？」

老書記がぼさぼさのあごひげをいじりながら考え込む。

「いいえ、この金華《チンフア》じゃ、ほんに大変な年でした。ごぞんじでしょう、例の蒙徳令《モウテーリン》将軍の謀叛です。ですが、迷宮入りした事件はございません」

「蒙《モウ》将軍の件については読んだことがある」と狄《ディー》判事が述べる。「九親王の謀叛に加担したのだったな？」

「そうです、そうです。その一件書類はあちらの右五番目の棚の、大きな赤い文書箱に入っております。箱のそばの紙綴じ冊子は、同年におきた他の裁判記録です」

「一式まとめてこの卓上におろしてくれ、高《カオ》さん」

老書記が棚の正面に踏み台をすえ、ひとつひとつ書類綴りをとりおろして助役に渡し、それを助役が年代順にきちんと卓上に並べた。列がだんだん長くなるにつれ、これは大変なことになったと狄《ディー》判事は思った。当然ながら未解決の事件だけとは限らない。記録上では解決していて、無実の者が有罪となっていてもおかしくないのだ。そうなると、理屈の上ではその告発者が処刑された男を殺したことになる。

「公文書保管庫を非の打ちどころなくきちんと整理しておるのだな、高《カオ》さん」と述べる。「この書類のどれにも、ほこりのかけらもない！」

「月にいちど、書記たちに書類をすべて棚おろしさせておりますので」助役が嬉しそうに笑みを浮かべる。「文書箱は磨き、書類は風にあてて、虫干しをいたしております！」

内心では、こんなにきちんと公文書保管庫がかたづいていなければよかったのにと判事は思っていた。こういう古い書類綴りがほこりだらけで上棚にのっていれば、あの挙人がどの書類を見たかは最近の汚れですぐ見分けがついたかもしれない。

「あの殺された挙人だが、この卓で調べものをしていたのだろうな？」

「さようでございます。あちらの低い棚に積んだ書類綴りが、宋《スン》が調べていた農民叛乱関係の書類です。実に頭のいい若い方で、行政問題一般に広く興味をよせておりました。ここに入ってまいりますと、もっと最近の文書にも目を通しているのをちょくちょく見かけました。まじめな調べぶりで、おしゃべりで引きとめられたりしたことは一度もございません。さて、こちらで一式ぜんぶそろいました」

「手間をかけた。これ以上仕事のじゃまをしては悪いな、高《カオ》さん。また必要な書類が出たら、あの老書記にたずねよう」

助役が行ってしまうと、狄《ディー》判事は卓について最初の書類を開いた。白ひげの書記はやりかけた仕事に戻り、卓のもう一方で書類をえりわけはじめた。ほどなく、判事はさまざまな事件に読みふけった。興味ある問題を提起するものが一、二件あったが、誤審を匂わせる事件は一つもなく、宋《スン》という名が出たのも一度だけ、つまらぬ怨恨沙汰の被告だった。若い書記がいれたてのお茶を持ってくると、いつのまにか正午まであと一時間になっていた。その書記によると、知事さまはお客がたとご一緒にまだ官邸の第四院子だという。昼食もそちららしいとのことだった。

ため息をついて、蒙徳令《モウテーリン》将軍謀叛の一件書類が入った箱にかかることにした。大逆罪を犯した男は一味もろとも処刑されるが、その一味のなかに無実の者がまぎれこむなど無理だ。

箱を開けるやいなや、うっすらと笑みが口もとににじんだ。箱の中の書類綴りは紙をきちんと揃えておらず、順番もばらばらだ。ここのようにとりわけ整理のゆきとどいた公文書保管庫でこれということは、めざすものにぶつかったしるしだ。どうやらあの挙人がこの書類綴りを調べるとちゅうに誰かが部屋に入ってきたので、あわててしまいなおしたらしい。よく気をつけて順番に書類を並べなおし、卓上にそろえた。

　最初の書類は九親王事件の要約だった。王は心の均衡を欠いていたと周到に言葉を選んで暗に述べている。病的に疑り深く、ふさぎの虫にとりつかれると手がつけられず、嫉妬深く短気であった。腹立ちまぎれにさる廷臣を半殺しにしたあと、皇帝の命により金華《チンファ》の宮殿に追放処分となった。静かな生活がよい影響を与えるのではという叡慮だった。だが、王は讒言によって退けられたのだと邪推した。おそばの奸物どもが王の人望は国中に高いと吹き込んでおだてあげ、さらに横柄で野心家の妃が夫をたきつけ、ついに玉座をうかがう大それた叛乱の旗揚げをもくろませるにいたった。良民や軍の不満分子を誘ったため、その稚拙なくわだては外部に漏れた。皇帝はただちに全権を付与したうえで、禁軍一個師団をつけて監察使を金華《チンファ》に急派した。

　禁軍が宮殿を包囲し、監察使は王ならびに妃を尋問に召喚し、こう告げた。すでにのこらず叡聞に達したが、護衛どもの武装解除のうえ、妃ともどもただちに都へ戻るとあらば喜んで許そうとのご内意であると。王は剣を抜き放ち、妃をその場で殺して自ら喉をかき切った。禁軍の兵たちが宮殿に押し入り、一味全員を捕らえるまに監察使は全書類を押収。十八年前の二月四日のことであった。

　同日さっそく監察使が捜査を開始。側近全員が謀叛の陰謀を認め、その他の一味もあっけなく捕らえられ、ひとりのこらず罪に伏した。その病んだ心ゆえに九親王には情けをかけるが、他の謀叛人どもに弁解の余地なしとの叡慮であった。つづくあわただしい何日かでおびただしい偽りの告発がなされたと記録にある——そういう大規模な重大事件に乗じて目ざわりを除こうとはかるよこしまな輩はつきものだ。監察使はこれらの嫌疑をよくよくふるいわけた。おおかたは手紙による密告であったが、中に一通、署名のない長い手紙があり、引退した蒙徳令《モウテーリン》前将軍も一味であり、罪の証拠となる九親王からの書状が将軍邸内後房《こうぼう》のかくかくしかじかの場所に隠してあるはずだと書かれていた。監察使が将軍邸内を探させると、まさに密告状にあったとおりの場所から書状が出てきたので、謀叛のかどで逮捕した。将軍はすべてを否定し、問題の証拠書状はある旧敵が自邸にしかけたにせ手紙だと主張した。こんどは監察使に以下の事実が判明した。蒙《モウ》将軍は昇進を逃し、まだその歳でもないのに軍務を解かれて、生まれ故郷の金華《チンフア》にひっこんで内心鬱々としていたという。かつての同僚たちの証言によると、いつまでもこのままでいるものか、じきに時がくる、その時がきたら力量に応じて世に出る好機だとよく話していたという。監察使が証拠の手紙をよくよく調べた結果、疑う余地なく本物だと判明した。将軍は断罪され、大逆罪に定められた厳しい法のもと、成人したふたりの息子ともども処刑された。全財産は国に没収された。

　狄《ディー》判事は椅子にもたれた。じつに興味深い記録だったし、あの挙人がその事件を調べにきていたのは、世間の耳目をそばだてたその件の吟味が行なわれたこの場所にほかならない。その事実をみれば、非常に古いその書類に記されていないがただならぬ事情があったと察しがつく。判事は将軍の家族名簿と押収財産目録を選びだした。ふいに音をたてて息を呑む。将軍には三人の妻と二人の妾がいた。二人目の妾は宋《スン》という姓以外に詳しい記載がない。尋問されなかったからだ。二月三日の夜に首をくくって死んでいた、監察使の金華《チンフア》到着前日だ。将軍との間に息子が一人いて、名を毅文《イーウエン》という。蒙《モウ》家にその災いがふりかかったときは五つだった。全てがぴったり符合する！　さんざん探した末に、いまようやく手がかりが！　満足の笑みを浮かべ、椅子に座りなおした。

　だが、いきなり笑みがこわばった。あの挙人は父の仇を討つために戻ってきたのだ。ということは、蒙《モウ》将軍の無実を示す証拠を宋《スン》がつかみ、告発状の書き手がその証拠をでっちあげ、父を殺した下手人だと疑っていたとしか考えられない。そして、正体不明のこの男が挙人を殺したという事実こそ、挙人の考えは正しかったという動かぬ証拠になる。なんたることだ、十八年前におそろしい誤審があったとは！

一件の供述記録を取り上げた。ゆっくり頰ひげを引きつつ、ひととおり目を通す。将軍に有利な点はひとつしかなかった。一味の他の者たちは九親王が将軍を首尾よく味方につけたと知らなかったのである。しかしながら、九親王は猜疑心が過ぎ自分の一味さえ信じなかったという理由で、監察使は即座に却下した。将軍の館で見つかった例の書状が判断の根拠であった。いずれも九親王の筆跡で専用箋に書かれ、王自身の印璽が押されていた。

かぶりをふりふり、狄《ディー》判事は密告状を取り上げた。もともとの証拠書類はそっくり都に送られたため、公文書保管庫にあるのは書記の没個性な書体による写しだった。だが、非のうちどころのない文体からみて、これを書いたのはよほどの文人に違いない。欄外余白に監察使個人の見解が書かれていた、「この手紙はおそらく宮殿の不満分子から出たものであろう。内容と筆跡を直ちに吟味せよ」そのつぎの書類を読むと、監察使配下のあらゆる努力もむなしく、手紙の書き手はついに不明であったとわかった。密告者にはお上がかなりの賞金を約束していたが、名乗りでた者はなかった。ゆっくりと長いひげをなでながら狄《ディー》判事が思いをめぐらす。九親王の書状は偽造できなかった。印璽は九親王自身がつねに肌身離さず持っていたからである。また、監察使は高位高官の人物がらみで他にもあまたの難事件を鮮やかに解決し、篤実にして有能無比な司直という世評をほしいままにしていた。顧問官だった父がおりにふれて監察使の解決した事件を語り、その慧眼を高く評価していた記憶が判事にある。将軍が有罪だとその人が言ったのなら、確信あってのことだろう。判事は立ち上がり、大股に歩き回りはじめた。

あの挙人は新たにどんな証拠をつかんでいたというのか？　すべてが起きたときには、わずか五歳だった。ならば伝聞情報か証拠文書のいずれかに違いない。宋《スン》が見つけた証拠をつきとめるにはどうしたらよかろう？　宋《スン》が部屋に隠しておいた証拠書類は、殺したあとで下手人が探しだして持ち去った。当たってみる必要がある筋では、宋《スン》の母方の身内にまずは脈がありそうだ。さきほどの老書記を手招きで呼びよせる。

「このまちには宋《スン》という姓が多いか？」

ひげの男はおもむろにうなずいた。

「たくさんおります。貧富を問わず、また、同族とも限りません。昔、この郡は宋《スン》と呼ばれておりましたので」

「戊年の租税査定台帳を見せてくれ。ただし、宋《スン》姓の箇所だけでいい」

老書記が台帳を開いて卓上に出すと、判事は最低所得層の宋《スン》をみた。宋《スン》の母親は二番目の妾にすぎなかったのだから、父親は小作農か小商人か工人だったに違いない。該当するのは六家族だけだった。三番目の宋穏大《スンウエンダ》なる青物商は妻ひとりに娘がふたり。姉娘は黄《ファン》なる荒物商に嫁ぎ、妹娘は蒙《モウ》将軍に二番目の妾として売られている。狄《ディー》判事は人さし指でその項目を指さし、こう言った。

「宋《スン》さんはまだ生きているかどうか、今年分の人頭簿をたしかめてくれ」

老書記は脇壁の棚に近づき、ぶあつい巻子を両手いっぱい抱えてそそくさと戻ってきた。数巻を広げて細かい字面をのぞきこみながら、ひげの奥でこうつぶやく「宋穏大《スンウエンダ》……宋穏大《スンウエンダ》と……」とうとう目をあげて、かぶりを振った。

「その宋《スン》という家族はもう台帳から消えておりますので、あとつぎがないまま、夫も妻も死んだに相違ございません。死んだ年をお調べいたしましょうか？」

「いや、その必要はない。荒物商同業組合の名簿をくれ！」判事が椅子から立ち上がる。これが最後の頼みの綱だ。

白ひげの書記は「小規模同業組合」と題した大箱を開けた。薄い冊子をよりだして判事に渡す。人頭簿の巻子を集め直す老書記のかたわらで、狄《ディー》判事はその小冊子を手早くめくった。そう、黄《ファン》なる荒物商がいて、妻は宋《スン》氏という。欄外に、同業組合への上納金を滞っているしるしの小さな丸がついている。家は東門そばの巷《こうじ》にある。狄《ディー》判事はその

公文書保管庫をあたる

住所を頭に入れると、卓上に冊子をほうりだして会心の笑みを浮かべた。

　蒙《モウ》家の書類にかがみこみ、将軍処刑後に家族がちりぢりになったことを確かめる。死んだ妾の生んだ子宋毅文《スンイーウエン》は都にいる遠縁の伯父にひきとられた。判事はあの密告状の写しをはずして袖にしまった。老書記をねぎらい、書類を全て元の場所に戻すよう命じた。それから、歩いて官邸をめざした。

　正院子に近づくと、子どもたちのはしゃぎ声に迎えられた。いい眺めだった。おそろいのはでな服で着飾った二十人ほどの子どもたちが、甃《いしだたみ》の中央に築いた、おとなの背丈ほどもある観月台のまわりを大喜びでとびはねている。いただきに、白いねり粉でこしらえた長い耳の月うさぎが月餅《げっぺい》の山にのっていた。ふもとにはとれたての果物や砂糖菓子を盛った大皿や椀がずらりと並び、四隅に真っ赤な長ろうそくと青銅の香炉が置いてあった。火を入れるのは暗くなってからだろう。

　狄《ディー》判事は院子を横切り、広い大理石の露台に向かった。そこに何人か集まって見物していた。郎中と魯《ルー》導師は大理石の欄干ぎわに、羅《ルオ》と博士と女詩人はややさがって、低い壇上にしつらえた黒檀彫りの大椅子のそばにいる。肘掛け椅子には、黒の長衣に雪白の髪をひっつめたきゃしゃな老婦人がおさまっていた。黒檀の杖をつき、しわだらけの両手で琅玕《ろうかん》の握りを支えている。

　椅子の背に控えるのは長身の瀟洒な中年婦人で、かたい緑錦に刺繍飾りの長衣がきつくて身動きもままならない。どうやら羅《ルオ》知事の第一夫人らしい。その背後で、二十人ほどの女が薄暗い広間を行き来していた。ほかの妻たちとおつきの侍女たちだろう。

　他の者には目もくれず、まっすぐ老婦人に近づいた判事が、壇の前でねんごろに一礼した。老人が鋭い目でしげしげ見ていると、羅《ルオ》がうやうやしく身をかがめて母親に耳打ちした。

「こちらが同僚の蒲陽《プーヤン》県知事、狄《ディー》君です、母上」

小さな頭をこっくりさせた老婦人が、小さいが驚くほどはっきりした声で歓迎の辞を述べた。礼にしたがって判事がていねいに歳をたずねると、七十二歳とのことだった。

「私には十七人もの孫がいるのですよ、知事どの！」と、誇らしげに述べる。

「積善の家には必ず余慶ありと申します！」博士が大声で呼ばわった。老婦人がいかにもうれしげに笑い、会釈のしるしにかるく頭を上下させる。狄《ディー》判事はまず邵《シャオ》に、つづいて郎中と魯《ルー》導師にあいさつした。最後に女詩人のかげんをたずねたところ、だいじょうぶという答えが返ってきた。ひとえに第一夫人のゆきとどいた心づかいのたまものだという。だが、判事の見たところ、顔色がすぐれないようだ。同僚をわきに連れ出し、声を低めた。

「あの挙人は蒙徳令《モウテーリン》将軍の遺児だった。公に登録されてなかった宋《スン》氏なる妾腹の子だ。ここに来たのは鬱金《うこん》に話していた通り、父親のぬれぎぬを晴らすためだ。名前のほうは本名だった、たった五つでこの地を離れ、存命の身寄りは伯母ひとりだけだから。元気を出せ、羅《ルオ》！　よしんば女詩人が本当に舞妓殺しの下手人でも、同時にきみが蒙《モウ》徳令《テーリン》将軍の無実をあかしだてれば、さしせまった身の破滅を免れる好機をつかめるぞ！」

「ありがたい、狄《ディー》、こいつは本当にいい知らせだ！　食卓でもっと詳しく聞かせてくれ。あちらの戸外にしつらえさせたから！」

露台奥にひろがる吹き抜けの回廊を指さした。林立する柱のあいだに卓をいくつかしつらえ、大皿盛りの冷たいおつまみと、きれいに積みあげた月餅の山が交互に置いてある。

「もう出かけないと、羅《ルオ》。街に寄るところがあるんだ、そのあとで玄胡祠まで行ってくる。だが、四時の詩会前にはなるべく戻ってくるよ」

また連れだって戻ってくると、老婦人が自分はこれで失礼するとやんわり述べた。博士はじめ一同の礼を受けたあと、羅《ルオ》と第一夫人の介添えで中にひっこむ。狄《ディー》判事は博士にむかい、蒲陽《プーヤン》からの早飛脚で書類が届いたので戸外の食事に同席できないむねを断わった。

「お楽しみの前に仕事だ。行っていいぞ、狄《ディー》!」

15

中秋の日にいとこを訪ね
過ぎにし日々の話を聞く

まずはいったん自室に戻った。訪問じたくには念には念を入れる必要があったからだ。反逆罪で処刑された罪人の身内というのは、どれだけ遠縁であってもお上を死ぬほど恐れるものだ。何年たとうが、ふいに新たな証拠があらわれて自分たちにまで累が及びかねないのだから。文箱から紅箋を一枚とると、大きく宋亮《スンリヤン》とするした。その右肩に「仲買人」と書きそえ、左にありもしない広東の住所を書いた。粗末な青衣に着がえ、ぴったりした小帽をかぶり、政庁の脇門から出た。

通りの角で小さな轎《かご》を拾った。黄《ファン》の金物屋にやってくれと言うと、遠すぎるし貧民街だから道が悪いとごねられた。だが、しのごの言わずに轎賃《かごちん》に同意したうえ、気前よく前払いで酒代《さかて》をはずむと言ったので、轎夫《かごかき》どもはいさんで駆けだした。

めぬき通りのはやっている店の並びで、黄《ファン》が同業者組合の会費を滞納していることを判事はふと思い出した。つまり、どうしようもなく貧しいに違いない。轎《かご》を止めて銀を一枚取り出し、いちばん上等な青もめんの大きな布巻きを買った。隣の店では燻製あひる二羽と月餅一箱を買い、道みちこんなふうに買い物を続けながら進んでいった。

市場のつぎに屋敷町を通り過ぎた、あの茶商人の孟《モン》が住んでいる区域だ。それから轎《かご》は悪臭漂う狭い裏路地を横切り、でこぼこの砂利道づたいに貧民街へと入っていった。服もろくに着せてもらえず、ごみための中で遊んでいた子どもたちがつっ立って、口をあんぐり開けて轎《かご》を見た。このかいわいではめったに見かけない乗物なのだ。訪問先に無用な注意をひきつけたくないと判事は轎《かご》を止め、小さな茶館前でおろさせた。ひとりが轎《かご》わきで待つ間に、もうひとりの轎夫《かごかき》に供をさせ、あの布巻きとあひるの籠を持たせればよい。ほどなくみすぼらしい横丁の兎小屋としか言いようのない家のただなかに入りこみ、道をたずねさせても土地ことばしか通じなくなったので、供を連れてきて正解だった。

黄《ファン》の店というのは吹きさらしの屋台で、つぎはぎの粗布の日よけがうしろの泥れんが小屋の屋根に取りつけてあった。横木をわたして安物のせともの茶瓶をずらりとぶらさげ、その下の売り台に椀や大皿が積み上げてあった。間に合わせの帳台《カウンター》奥にみすぼらしいなりの肩幅の広い男が十数枚の銅銭をせっせとひもに通していた。狄《ディー》判事がさっきの赤い名刺を帳台《カウンター》に置くと、男はかぶりをふった。「俺にゃ宋《スン》て名前しか読めねえ」品のないがらがら声で言う。「何の用だ、てめえ？」

「この名刺には私の名が宋亮《スンリヤン》と書いてある。広東から来た仲買人だ」判事が説明する。「おたくの奥さんの遠縁のいとこなんだ。都に行く途中で挨拶に寄った」

黄《ファン》の浅黒い顔がぱっと明るくなった。壁際の作業台に腰かけ、背を丸めて膝もとで縫い物をした女に振りむいて呼びかけた。「ようやっと身内の一人が思い出してくれたらしいぞ、おめえ！　いとこの宋亮《スンリヤン》だ、広東から来たんだとよ！　お入んなせえ、旦那。道中の先はまだまだ長えんだ！」

女があわてて立ちあがる。さっき買ったものを轎夫《かごかき》に命じてその女に渡させ、それから向かいの屋台で待つよう言いつけた。

寝室と居間と台所を兼ねたせまい部屋に招き入れられた。脂汚れでぎとぎとの卓を黄《ファン》があわててぼろ布でこするあいだ、判事は竹椅子のひとつに腰をおろすと女に話しかけた。

「三番目の伯父さんが都から手紙を書いてくれてね、それでご両親が亡くなったと知ったんだよ、おいとこさん。だが、その手紙にあんたの住所が書いてあってね。ここを通るついでにちょっと寄ってささやかな贈り物をしようと思ったのさ。今日は中秋節だからね」

包みを開けた女が、反物の一巻きに目をみはった。歳のころは四十くらいだろうか。顔立ちはいいが、やせこけていてしわが深い。黄《ファン》がびっくりして声をあげた。

「こりゃまあ豪勢なことですなあ、おいとこさん。なんとまあ、こんなきれいな布をまるまる全部！　こんな高価なものもらっちまって、お返しはどうすりゃ……」

「なに、わけないよ。ひとり旅の旅人に、身内と一緒に中秋節のごちそうを祝わせてくれればいい！　何もないが、自分の足し前ぐらいは持ってきたから」籠のふたをあけ、黄《ファン》に月餅の箱を渡した。黄《ファン》のほうは両方の目とも籠の中身に吸いよせられている。

「あひる丸ごと二羽も！　うっかり切りそこなうんじゃねえぞ、おめえ！　それから新しい飯椀ひとつと杯を店から持ってこい！　今日の祝いのために、酒の小びんを取っといたんでさ。だが、肉にありつけるとは思ってもみなかった。しかも、こんなお高い燻製あひるをねえ！」

判事にお茶をつぎ、それから広東にいる家族のようすや商売の景気、道中の様子などをていねいにたずねた。判事は相手が納得するような話をしてやり、さらに今日の午後にはまたここをたたなくてはと言い、さらに、「今はあひる一羽でよかろう。もう一羽は今晩のためにとっておこう」

黄《ファン》が片手をあげて制した。

「今から夜までの間に、どんな天災人災がおこるかわかったもんじゃないですぜ、おいとこさん」と、おごそかに述べる。「いま、ここで、大いにたらふくやりましょうや！」心配性が身についた顔にうれしげな笑いを浮かべて聞き入っていた女房の方を向いて言う。「約束するぜ、おめえ。今後、おれの口からおめえの身内の悪口はこんりんざい言わねえ！」女は判事をおずおずと見て言った。

「あの恐ろしい事件のあとはね、おいとこさん、誰も来なくなっちまったんですよ」

「あの将軍の事件なら、南の方にも話が伝わってきてる」判事が述べた。「おまえさんの妹があの災いの前に家を出されたのは、そりゃ残念ではあったがね、身内のためにもっと長い目で考えれば、結局はいちばんよかったんだ。わしらまで巻き込まれずにすんだんだからな」黄《ファン》と女房が不得要領にうなずいたところへたずねた。「毅文《イーウエン》はどうなった？」

黄《ファン》がふんと鼻を鳴らす、「毅文《イーウエン》？　つい二、三年前、文人さまになったって聞いたっきりでさ。お高くとまっちまって、伯母のことなんかこれっぽっちも思い出しゃしねえ！」

「おまえさんの妹があすこのうちを出た理由はなんだね、おいとこさん？　将軍の家でひどいめにあったのか？」

「そうじゃないのよ」女がしぶしぶこたえる。「よくしてもらったわ、とくに毅文《イーウエン》を生んでからはね。丈夫なかわいい坊やだったもの。でも、妹はねえ……」

「あのくそあま……」黄《ファン》が言いかけた。だが、女房がすばやくさえぎった。「口に気をつけて！」それから判事に「しょうがなかったのよ、本当に。たぶん父ちゃんが悪いのね、結局のところ……」ため息まじりに酒をつぐ。「十五のときまでとっても静かで、おとなしい子だった。それに、そう、生き物が好きでね。ある日、ちっちゃな赤んぼ狐を見つけて、家に連れて帰ったの。父さんがそれを見てすっかりおびえちまって。だって黒い狐だったんだもの、しかも雌狐だった。すぐ殺しちまったわ。そしたら、妹が発作を起こしてね、とうとうさいごまで元通りにはならなかった」

荒物商は難しい顔を判事に向けた、「そのふしだらな狐にとりつかれちまったんだよ」

女房がうなずく、「父さんが方士を雇って、いろんな呪文をあげてもらったんだけど、その狐を追い出せなかった。十六になると、てあたりしだい若い男に色目を使うようになった。あの子は見える子でね、母さんが朝から晩まで気をつけてなきゃいけなかった。そしたら、ご大家《たいけ》にくしゃおしろいを売りに行くおばあさんが、蒙《モウ》将軍の第一夫人が年取った旦那さまの妾を探してるって話を父さんに持ってきてね。父さんは大喜びだった。妹が第一夫人のところへ顔見せに連れて行かれると、すっかり気に入られて話がまとまったの。なにもかもうまくいってた。大きな家で仕事はきつかったけど、第一夫人がお祭りごとに新しい服をくだすってね。毅文《イーウエン》が生まれてからはいっぺんだってぶたれたことないわ」

「そんなこんなであの女がつけあがったに違いねえ、あばずれめ！」黄《ファン》がつぶやき、あわてて杯をあおった。女房が白髪になりかけた髪の房を額からかきあげる。

「ある日、一奥《いちおく》さまづきの女中に市場で会ったら、親思いの妹さんがいていいわねってその子が言うの。一週間おきに両親に会いに行くって言い張るんだって。それで、何かとんでもないことになってるってわかったの、だって妹が家に帰ってくるのは半年にいっぺんあるかないかだったんだもの。あとになってから、本当にうちにきたけどね。身ごもってたの、将軍の子じゃなかったけど。お産婆さんのところにあの子を連れてって、いろんな薬を飲ましてもらったんだけど、でもどうしようもなかった。生まれたのは女の子で、妹はまちがいがあったって将軍にうちあけ、子どもは通りに捨てたって言ったの」

「そういうやつだよ、あの女は！」黄《ファン》が怒って叫んだ、「血も涙もねえ、薄情な女狐だ！」

「あの子だっていやだったけど、しょうがなかったのよ！」女房がたてついた。「その子を上等な茶色い天竺渡りの毛織物で包んでやったわ、風邪をひかないようにって。あんな高価な鬱金《うこん》染めよ、仏教の信徒が使ってるでしょ……」狄《ディー》判事の驚いた顔を見て、あわてて続けた、「ごめんなさいね、おいとこさん、いやな話ばっかりで！　もう大昔のことなのよ、でも、あたし、まだ……」涙をこぼしはじめた。

黄《ファン》がその肩を軽く叩いてやる。「ほらほら、おめえ、祝いの席に涙はなしだ！」それから判事に、「家にゃ子どもがなかったんでね。その話が出るといつもこうでさ！　それで、ま、話をはしょっちまうと、とどのつまりは将軍に呼ばれちまったわけですよ。あすこんちの轎夫《かごかき》のひとりに聞いた話じゃ、あのじいさんは姦夫姦婦もろともに引きずってって広間にひきすえ、自分の剣でもってみんなの前で首をはねてくれるとわめいたそうです！　したらあの女、自分で首をくくって死んじまったし、将軍はその間男《まおとこ》の首をはねるひまもなかったねえ、だってさ、ほかでもねえそのあくる日にゃ皇帝の兵隊がやってきて、じいさんの首をはねちまったんだから。本当《ふんと》によ、世の中ってのは不思議だねえ、おいとこさん！　もう一杯いきましょうや。ほれ、おめえも一杯《いっぺえ》飲めよ！」

「その情夫《おとこ》はだれだったんだ？」判事がたずねる。

「ひとっことも言わなかったわ、おいとこさん」両目をぬぐいながら女が言う。「すごく学のある旦那で、ご大家《たいけ》に出入りできるひとだってだけしか」

「おらあ、いい方の娘をもらってよかったよ！」黄《ファン》が叫んだ。顔が赤くなる、「うちのかかあは働きもんだし、針仕事に精出してくれるおかげで、どうにかこうにかふたりでやってけるんだ！　だがね、こいつは男の世界のことなんざ何もわかっちゃいないんですよ、こう言っちゃなんだがね！　組合の費用を払うのはよしにしましょうよって、こう言うんだ。おらあ言ってやったね、だめだ、冬ものを売っ払えって！　どこにも入れねえ男なんざ、迷い犬とおんなじだ！　いやあ、ほんとにそうしてよかったよ。おいとこさん、あんたさんから立派な布巻きをもらったおかげで、おれもかかあも新年にぱりっとしたかっこうができるってもんだ！　おれの商売にもありがたいですよ。身なりがよけりゃ、売り台に立っても見栄えがするからね！」

判事は飯を食べ終えると、女房に言った。

「あしたになったら、私の名刺を知事官邸の裏口に持っておいきよ、おいとこさん。あそこの執事さんとは取引があるんだ、針仕事をもらえるように世話してくれるさ」立ち上がる。

ゆっくりしてってくれと黄《ファン》と女房にひきとめられたが、渡し舟に間に合うよう行かなくてはと押し切った。

轎夫《かごかき》の案内で、轎《かご》を待たせておいたさっきの茶館に戻った。あれこれ考えがまとまらないままに表通りに戻る。はじめに轎《かご》を拾った角で金を払うと、あとは歩いて政庁に戻った。脇門から入りながら、羅《ルオ》知事は主棟一階にある控えの間にいると門番に教えてもらった。どうやら、書斎の詩会はまだ始まってもいないらしい。判事は自室に急いだ。

引き出しから女詩人の件について羅《ルオ》が書いたあの調査書をとりだす。卓のそばに立ったままで、めざすところが出るまでぱらぱらとめくる。白鶴観の桜の根もとに死体が埋まっていると知事にしらせた密告状だ。ついで、蒙徳令《モウテーリン》将軍を告発する密告状を袖からひっぱりだし、横に並べて置いた。ゆっくりと黒いひげをなでながら、二通を見比べる。二通とも公文書保管庫の写しなので筆跡は特徴のない書記のそれだが、文体はまったく同一人物が書いたものかどうか見分けがつくに違いない。疑わしげにかぶりをふりふり、判事は二通を袖にしまい、正院子に行った。

小柄な知事が茶卓についていた。卓いちめんに紙が散らばり、片手に筆を持ち、唇をきつく結んでいる。目をあげ、勢いこんで言う。

「いま、最近作をえりだして手を入れてるとこなんだ、狄《ディー》。この楽府《がふ》の反復部分の韻なんだけどさ、博士が認めてくれると思うかい？」直す途中の詩を読み上げようとしたが、判事がすかさず割って入った。

「またこんどにしてくれ、羅《ルオ》！　妙なことがわかったんで報告に来たんだ」同僚の向かいに腰をおろす。「長くはかからん、すぐにも書斎に行かねばならんだろうからな。そろそろ四時ちょうどだ」

「いやいや、時間はたっぷりありますぞ、大兄！　正院子にしつらえた戸外の昼食会が、いざ、ふたをあけてみるとえらく長びいてね！　郎中と幽蘭《ゆうらん》がいくつか詩を書き、みんなでそいつをさかなに話がはずんで、酒がすすんだこと！　お客は四人ともまっすぐ部屋に戻っておやすみでね。それからこっち、まだだれも姿をあらわしてないよ」

「けっこう！　なら、誰も外に出てないんだな。だったらおたくの執事の手下にあとをつけさせるよう手配しなくてすむわけだ。それでだ。殺された挙人の母親は蒙徳令《モウテーリン》将軍の妾だった。のちに未知の人物と過ちを犯し、その道ならぬ関係で生まれた娘は捨てられた。それが他ならぬ鬱金《うこん》、玄胡洞の堂守だよ」羅《ルオ》の仰天した顔を見ながら、片手で制して続ける、「捨て子は鬱金《うこん》染めの毛織物にくるんであった。そして、捨て子は見つかったときの着物にちなんで名をつけられることがままある。これはつまり、鬱金《うこん》が宋《スン》の異父兄妹ということで、鬱金《うこん》とは結婚できないとあの挙人が言った理由はそれだ。また、それは鬱金《うこん》の父親と挙人を殺した下手人が同一人物ということでもある。蒙《モウ》将軍が逮捕される前日、姦夫は自分の友人のひとりだとわかったと妾に告げ、また、この手でふたりとも殺してやるとも言った。妾の方は即座に首をくくり、将軍は情夫の始末を果せぬまま、翌日に逮捕された」

「なんたることだ！　これ全部、どこで見つけてきたんだい、狄《ディー》？」

「主におたくの公文書保管庫だよ。宋《スン》挙人は将軍は謀叛のぬれぎぬをきせられた、母親の情夫が不貞の罪で将軍から告発されるのを防ぐために密告状を出したのだと明らかに信じて疑わなかった。最初の点では、宋《スン》は誤っていた。公文書の記録を最後まで読んだが、将軍は間違いなく有罪だった、そして妾の情夫もその陰謀の一味だったに違いない。第二の点は宋《スン》が全く正しい。その男が密告状を書いたのは監察使がしばし将軍の周辺を見張らせると承知しており、捜査の初日に将軍がまっさきに挙げられるよう万全を期したからだ。自分に対する攻撃を防ぐためにね」

羅《ルオ》知事が片手でおしとどめた。

「性急に過ぎてはいかんよ、狄《ディー》君！　かりに将軍が謀叛の科《とが》で有罪なら、じゃあ、なんでその告発者は宋《スン》挙人を殺さなくちゃならなかったんだ？　お上に将軍の罪を知らせて、たんまり褒美をもらったやつがさ！」

「そいつは高い身分についていたに違いない、羅《ルオ》。だから不倫の罪を持ち出されるわけにはいかなかったんだ。また、そいつも将軍の陰謀に深入りしていたのは明らかだ、そうでなければ罪をきせるもとになった九親王の手紙の隠し場所を知るはずがなかろう。だから、お上が褒美を約束していたのに、おもてに出なかったんだ」

「なんたることだ！　そいつは誰だ、狄《ディー》？」

「どうも、いまおたくにいる三人の客人のひとりだと思えてならん。邵《シャオ》、張《チャン》、魯《ルー》のうちの誰かだ。いや、反論しないでくれ！　三人のひとりに違いないという動かぬ証拠があるんだ。鬱金《うこん》なら見分けがつくだろう。父親が会いに来るときは必ず顔を隠していたとはいえ、声と全身の輪郭でわかると思うね」

「まさか本気で魯《ルー》導師だなんて思っちゃいないだろう、狄《ディー》？　いったい、どこの女があんな醜男《ぶおとこ》を情夫にするっていうんだ？」

「その点についてはなんとも言えん、羅《ルオ》。あの挙人の母親は強情っぱりだった。ちなみに、身内の者はその性格をふしだらな黒い雌狐の霊がついたせいだと言っていたがね。だが、たとえそうであってもわがままで不平の多い女だった——わずか十七になるやならずで将軍の家に入り、相手は六十に手が届こうという年頃——ほかならぬ醜さゆえに、導師にひかれても不思議はない。しかもあれは頭ごなしで、とりわけ強い個性の持ち主だ。多くの女がそういう男に影響を受けやすい。詩会の最中に、蒙《モウ》将軍が裁きを受けていた当時にこの金華《チンファ》にいたかどうか、張《チャン》と導師にあたってみてもいいかもしれんな、羅《ルオ》。博士がここにいたことはわかっている、この州の長官だったんだから。おたくの執事を呼んでもらえるか?」

羅《ルオ》が手を叩き、あらわれた侍童に言いつけた。狄《ディー》判事が話を続ける。

「もうひとつあたってみてほしいんだ、羅《ルオ》。われらが三人の容疑者のうち、だれかひとりがことしの春、幽蘭《ゆうらん》が白鶴観で捕まったときに湖県にいたかどうか」

「なぜ、それを知りたいんだ、狄《ディー》?」同僚がびっくりしてたずねる。

「なぜかというと、幽蘭《ゆうらん》の事件でもお上が行動を起こすもとになったのは、学識ある人士が書いた密告状だった。そして、犯罪者というのは常に同じやり方を踏襲したがるものだ。蒙《モウ》将軍謀叛の件ではその告発は正しかった。だが、同時に、密告状を書いた人物は告発によって表沙汰にできないある目的を達することができた。つまり、自分に対する将軍の攻撃を封じるという目的だ。さてその十八年後、またもや告発の手紙に頼って、その教養ある人物がべつの罪を報告したとしてもおかしくない、つまりあの女中殺しだ。そして、またしてもある表沙汰にできない目的を果そうとした、つまり……」

執事が入ってきたので、判事はそこで中断した。

狄《ディー》判事は羅《ルオ》の筆を取り、書き損じの紙にさらさらとあの荒物商黄《ファン》の姓名住所、それに宋亮《スンリヤン》という名前を書いた。それを執事に渡しながら言う、「明日の朝、黄《ファン》の妻が宋亮《スンリヤン》という名の名刺を持って官邸の裏口にくる。その者に針仕事があてがわれるよう、おまえがじきじきに計らえとの閣下のご意向だ。ことによるとわれわれが会う必要があるので、しばらく引き止めておしゃべりをしておけ。さて、高《カオ》さんを呼んでくれ」

深々と一礼して執事が去ると、羅《ルオ》がむっつりと言った。

「宋亮《スンリヤン》だって？　まったくもう、誰のことだ？」

「じつは私だ」荒物商のうちをたずねたいきさつを同僚にかいつまんで話して聞かせ、こう締めくくった。「真面目な夫婦者で、子どもはいない。なんとなく考えてたんだが、あのかわいそうな娘が完全によくなったら、きみからあの夫婦に鬱金《うこん》を託してはどうだろうか。これからおたくの助役と一緒にあの子を迎えに行かなくては」さっきの二通の密告状を袖から出し、羅《ルオ》に渡しながら続けた、「これは公文書保管庫による例の告発状二通の写しだ。微妙な文体のあやは君の専門だ、頼むから二通をよくよく見て、同一人物の教養ある人間の手になるといえそうな手がかりの有無を教えてくれ。袖にしまっておけ！　助役が来るぞ！」

助役が一礼すると、小柄な知事が言った。

「同僚どののお供をして玄胡祠に行ってもらいたい。南門の近くだ、高《カオ》。あの荒地はきれいさっぱり一掃することにしたから、まず第一にあそこのうすばかを立ち退かせる。堂守役を自任している女だ」

「一緒に公用の輿で行こう、高《カオ》さん」狄《ディー》判事がわきから言い添える。「官邸づきの医者と女中頭が二番目の箱輿に乗ってついてくる、あの女は重い病気だそうだからな」

助役が一礼した

「すぐに手配いたします」それから知事に向かって、「博士づきの侍童が出てまいりまして、閣下。博士のほうはもうおしたくがすみましたので、お客人がたにおいでいただけるとのおことづてでございます」

「なんてこった、ぼくの詩！」羅《ルオ》が声をあげる。

狄《ディー》判事が手を貸して、卓上いっぱいに散らかった紙を集めてえりわけた。正院子まで一緒につきあい、それからひとりで政庁へとむかった。高《カオ》助役は門番小屋におり、大きな公用輿が待ちかまえていた。

「医者と女中頭はあの箱輿に乗っておりおもてにかつぎだされると、判事に告げる。大きな半月門をくぐっておもてにかつぎだされると、高《カオ》が続けた。「あの荒地は公園に直せるでしょうな。まちの城壁を入ってすぐのところに、ありとあらゆるごろつきどもがたむろできる場所があるのはよくありません。そうは思われませんか？」

「思う」

「けさがた、公文書保管庫でお目当ての品がおありでしたらよろしいのですが」

「あった」

判事が世間話をする気分でないと気づいて高《カオ》助役はだまりこんだ。寺通りを抜けながら、それでもまた言う。

「昨日の朝、この通りはずれのお寺に魯《ルー》導師をお訪ねしました。閣下のご招待を受けていただくまでえらくてこずりまして。受けてくださったのはひとえに、あなたさまもお客として官邸にご滞在だと私が申し上げたせいでございます」

狄《ディー》判事が姿勢を正す。

「理由を言ってたか？」

「犯罪捜査についてのすばらしいご評判のことをおっしゃっておられました。それから、あじなことになるとかなんとか。狐についても何かお話しでしたね、私の記憶が正しければですが」

「なるほど。何の話だったのか見当がつくかな？」

「いいえ。あの導師はなにしろ変わったお方ですから。このまちにおいでになったのはその前夜だと、さかんに念を押しておられるようでしたが……まったく、なぜこんなところで立ち止まるんだ？」おもてをのぞきこむ。

窓に近寄った輿丁頭《こしかつぎがしら》が助役に注進した。

「人垣が道をふさいでおります、しばしお待ちを。道を開けるよう命じてまいります」

狄《ディー》判事は声高に言いののしる騒ぎを耳にした。二人の輿はしばらく進み、また止まった。門衛隊長が窓のところにあらわれ、すばやく敬礼して高《カオ》に告げる。

「申し訳ございません。しかしながら、これより先はいらっしゃらないほうがいいです。あの破れ祠の魔女が狂犬病にかかったんであります、それで……」

判事はすぐさま引き戸を開け、輿の外に出た。通りでは、六人の門衛が横一列に槍をかまえて非常線を張り、物見高い少数の見物人のゆくてをさえぎる。はるかむこうの路上に鬱金《うこん》が手足を投げ出して大の字にのびていた。汚れたぼろ服の中で、哀れなほどやせ細ったその姿はぴくりとも動かない。門衛の兵ふたりが、賊を捕えるための一丈柄《いちじょうえ》のさすまたでその首を地面に固定していた。その少し先、がらんとした大通りの中央で、ほかの兵たちがかがり火をたいていた。

「近づかれないほうがよろしいです」門衛隊長が狄《ディー》判事に注意した。「念には念を入れて、死体は焼くつもりです。どうやって病気がうつるか、あまりよく知られておりませんので」

高《カオ》助役が近づいてきた。「何ごとだ、隊長?」鋭くたずねる、「あの女は死んだのか?」

「はい、そうであります。半時間ほど前、あの通りの屋台に座っていたうちの部下が、むこうの藪でおそろしい絶叫があがるのを聞いたんであります。さらに、妙な吠え声のようなものも聞こえました。てっきり誰か狂犬に襲われとるんだと思いまして、門衛小屋にかけこんでさすまたを持って戻りました。ちょうど本官があそこの古門をくぐろうとしましたところ、あの魔女が声を限りに叫びながら走り出てきたのです。何か恐ろしいもので顔がゆがみ、口から泡をふいておりました。こちらにまっすぐ向かって来ましたが、部下の一人がさすまたの柄でのどをおさえつけ、地面に投げ倒しました。その柄をつかんでものすごい勢いでのたうちまわりますので、ふたりめの部下が手を貸して、どうやら地面におさえこみました。しまいに両手がだらりとさがったと思うと、死んでいたのでございます」隊長が鉄兜をずらし、汗まみれの額をぬぐった。「うちの知事さまは何とすばらしいお方でしょう！　こういうことが起きると前もってお見通しだったに違いありません！　本官はそこの屋台に部下を何人か配置し、その古門を見張るようにとの指示を受けておりました。おかげで、他の通行人が襲われるよりさきに、現場に駆けつけてこられたのです」

「うかがいしれん深謀遠慮ですな！」兵のひとりがにっと笑った。

もう一つの輿から降りてきた医者を、狄判事《ディー》は手招きして呼び寄せた。

「死んだ女は狂犬病だった」それだけ言った、「死体は焼いた方がいいか？」

「はい、おっしゃる通りです。死体に触れたさすまたの柄も焼いた方がよろしいかと。それから、出てきた藪もやはり焼き払ってしかるべきでしょう。恐ろしい病気ですから」

「ここに残って、万事きちんと処置されるよう見届けよ」

判事が高助役《カオ》に命じた。「私はこれから政庁にもどる」

もそれにならったという。

狄《ディー》判事は自室にもどった。開いた引き戸の前にひじかけ椅子を寄せ、どさりと腰をおろす。左手で右ひじを抱えこみ、こぶしをかたく握りしめて頰杖をつき、ふさいだ顔で庭石を眺めながら、無言で午後遅くの弱い日ざしをあびていた。

頭上で長く尾をひく叫びがして目をあげた。ゆるやかに翼を青空にはばたかせ、雁の群れが飛んでいく。たしかな秋のしるしだ。

とうとう立ち上がって中に入った。気乗りしない様子で、前日の午後に着たのと同じ二藍《ふたあい》の衣に着がえる。高い黒紗帽を頭に乗せると、前院子で鉄の靴音がした。護送役人が到着した、ということは一行はすぐにでも出発するのだ。

正院子を横切る途中で魯《ルー》導師と合流した。導師は色のさめた青い衣を着て、でっぷりした腹回りに縄きれを巻きつけ、はだしに大きなわらぞうりをはいていた。布包みをぶらさげた曲がった杖をかついでいる。二人の男が大広間手

16

装いあらたにうちそろい
碧崖《へきがい》めざして輿はのぼる

若い女中の群れが、三つの公用輿のまわりをせわしなく飛びまわっていた。輿は官邸の正院子に止めてあった。輿のしとねに錦のおおいをかけるもの、茶籠や砂糖菓子の箱をさげるもの。ぺちゃくちゃ楽しそうなそのおしゃべりが、狄《ディー》判事の神経にさわった。灰色ひげの執事のところに行く。そろいの茶色い上衣と赤い広い飾り帯をこぎれいに着こみ、脇壁にもたれてしゃがんでいる輿丁《こしかつぎ》二十数名の頭《かしら》と話していた。執事によると、書斎の詩会は終わったという。客人たちは着がえのためにめいめいの部屋にひきとり、羅《ルオ》知事

前にある大理石の露台に出ると、いずれもきらびやかな錦の衣で立っていた羅《ルオ》知事と博士と郎中にむかって、導師はぶっきらぼうに述べた。

「わしの格好なら気にせんでいい、皆の衆! 着がえなら碧崖《へきがい》の寺でするから。この包みに晴れ着が入っとるんじゃ」

「あんたならどんな衣でもりっぱなもんだよ、導師!」博士が如才なく言う。「一緒の輿で行こう、張《チャン》。さっきの詩論についての意見の相違に決着をつけねばな」

「お先に!」導師が言う。「わしは歩くよ」

「そんな、むちゃですよ!」羅《ルオ》知事が異を唱える。「山道は急ですし……」

「あの道ならよく知っとる。もっと急なのを登ったこともあるしな」導師が鼻であしらう。「山の眺めは好きじゃし、運動もいいもんじゃ。ここに寄ったのは、わしの足についちゃ心配無用と言いたかっただけだ」あの曲がった杖を肩にかついで、大股にすたすた出て行った。

「そういうことなら一緒に乗っていこう、狄《ディー》」羅《ルオ》が言う。「幽蘭《ゆうらん》さんは三番目の輿に。介添えに、一番めの家内の侍女を一緒に乗せましょう」博士の方に向いてたずねた、「はじめの輿にご案内してよろしいでしょうか?」・

博士や郎中を案内して知事が大理石の石段をおりていくと、三十人の兵士たちが斧鉞《ふえつ》をたてた。二番目の輿に羅《ルオ》と狄《ディー》判事が向かおうとしたちょうどそのとき、女詩人が露台にあらわれた。白絹の薄い長衣のすそをひるがえし、銀の花模様を織り出した青錦の長袖上衣、目もあやな姿だ。たっぷりした黒髪は手のこんだ高髷《たかまげ》に結い上げ、金線細工の中央に輝く青玉《サファイア》をはめた歩揺《ペンダント》つきの長い銀かんざしでとめている。じみな青衣の年配女中がお供に従っていた。

座席のしとねに腰を落ちつけながら、羅《ルオ》が憤然とたずねた。

「あの衣とかんざしを見たかい、狄《ディー》? うちの一番めの家内から借りたんだよ、あいつ! まあねえ、詩会はそう長くはもたなかったよ。ぼくの詩について、博士と張《チャン》は忌憚ない意見を言うのもいやだって感じだった。それに、導師は退屈ぶりを隠そうともしないんだ！　不快なやつだよ！　幽蘭《ゆうらん》はすこぶる的を射た意見をふたつばかり述べた、そいつは言っとかんと。あの大姐御は言葉ってものにいい感覚をしてるよ」小さな口ひげの先をひねりあげる。「それでだ、蒙《モウ》の裁きがあったころ、あの連中がどこにいたかだけどね、狄《ディー》。案ずるより産むがやすしだよ、まったく。その話を持ち出すが早いか、博士がとうとう講義を垂れはじめたんだ。地元の状況について、あの監察使に召されて意見を聞かれたんだな。張《チャン》もやはりここにいてね、不満をかかえた小作農たちと話し合いをしてたんだ。この県の農地のうち、およそ半分はあのうちの持ちものだからね。法廷での吟味には張《チャン》も出たそうだ、人間のいさかいの感情を観察するためにって言ってたよ、少なくとも本人はね。それと、魯《ルー》導師はここの古寺のひとつに滞在して、連日さる仏典を講じてたんだ。二カ月前に湖県にいませんでしたかと聞いてまわるまではさすがにしなかったが。あの玄胡祠の娘はどこに置いてきたんだい、狄《ディー》？」

「死んだよ、羅《ルオ》。狂犬病だった。きっと狐にかまれたんだ。いつもなでていたし、顔をなめさせたりもしていた。それで……」

「なんてことだ、そいつはあいにくだったなあ、狄《ディー》！」

「本当にあいにくだった。これでもうだれも……」銅鑼の音が響き、ことばがとぎれた。

輿が官邸から政庁へと出て、こんどは大門に来た。十二人の巡査が行列のさきぶれをつとめ、うち四人が真鍮の銅鑼を鳴らし、長棒と朱漆板をかまえる者もいた。板のいくつかは金文字で「金華《チンフア》政庁」か、「下に」と書いてあった。残りの巡査はやはり同じせりふを書いたちょうちんをてんでにさげている。夜ふけに一行が戻ってくるとき、そのちょうちんに灯がともるはずだ。

がんじょうな鉄鋲を打った正門の扉が押し開けられ、一行は大通りに出た。先頭は巡査たち、次に、両側を十人ずつの兵士に守られて三つの輿が続き、しんがりに完全武装した兵十名がしたがった。祝いの晴れ着で通りをそぞろ歩いていた群衆が、あわててよけた。「知事さま、おすこやかに！」の叫びがくりかえし起きた。この県における同僚の人望を示すさらなる証拠が得られてなによりだ。商店街を過ぎたあとはもっと静かになり、判事がまた口を開いた。

「鬱金《うこん》なら下手人の顔を見分けられるんじゃないかと、あてにしてたんだ。あの娘の死は痛打だったよ、羅《ルオ》。こうなると手がかりは一片もないんだから。だが、三人のうちだれか一人がまちがいなく鬱金《うこん》の父親であり、異父兄弟の宋《スン》挙人——鬱金《うこん》の伯母を訪ねたあとできみに話した通りだが、その宋《スン》挙人殺しの下手人と同一人物だという証拠はある。これで、あの舞妓の小鳳《しょうほう》を殺したのも同じ人物だと付け足していいな」

「なんだって！」知事がどなった。「ということは、つまり……」

狄《ディー》判事が片手で制した。

「あいにく、めざす男は三人のうちだれかという確証がないと、私の発見は役にたたない。ちょっと状況をまとめさせてくれ。出発点には舞妓の小鳳《しょうほう》が殺された昨日の事件が手ごろだな。それからあの挙人が殺されたおとといの事件、こちらは十八年前の蒙《モウ》将軍事件が下敷きになっている。最後に、あの白鶴観の女中殺しの事件にも一緒にとりくんでみよう。このやりかたで、この問題全体が時系列にそって正確に位置づけできるだろう。

さて、まずは舞妓殺しだ。重大な点は、鬱金《うこん》の父親は娘に会いに行った帰り、あの荒地で小鳳《しょうほう》に顔を見られていることだ。それ以前に顔を見たこともなかったから、そのときの出会いは舞妓にとっては何の意味もなかったのだが。昨日の午後、小鳳《しょうほう》は夕方踊ることになっている宴の広間を見るために、自分に夢中の幽蘭《ゆうらん》にねだって官邸に連れて行かせた。女詩人の話では十八番《おはこ》の《紫雲鳳》を踊るはずだった。そのあとで、短い時間だったが三人の客人に会ったんだ、羅《ルオ》。そのせいで舞妓は突然に演目を変えることにした。十八番《おはこ》で大受け間違いなしの《紫雲鳳》をよして《玄胡行》に変えた――それまで公の場で踊ったこともなく、まともな譜面さえなかったのに！」

「なんと！」羅《ルオ》が叫ぶ。「荒地で会った男だと承知してたんだな、あの女！」

「そのとおり！　顔の見分けはついたが、相手は小鳳《しょうほう》を知っているそぶりを見せなかった。それで、記憶を新たにさせようとしたんだ！《玄胡行》なら、いくらなんでも思い出すだろう！　踊ったあと、しきたりどおり順番にひとりずつ客人の横に座って、酒のお相伴をつとめるだろうから、鬱金《うこん》の父親だとわかっているとそのとき言ってやり、要求を出すつもりだったんだ。野心まんまんで踊りの技に打ちこむ娘だったから、かりにめざす相手が邵《シャオ》か張《チャン》だったとして、おそらくけっこうな額の毎月のお手当てに加えて、都でもいちばんの貴顕紳士たちに紹介してもらう気でいたんだろう。これがかりに導師だった場合は、うしろだてになってくれと言うつもりだった。例えば養女にして、芸歴のうしろだてにその名の重みを利用する気でいた。脅しだな、潔癖にしてかつ単純な娘ならではの」

ひげをしごき、ため息とともに判事は続けた。

「頭のいい娘だったが、いかんせん相手を見くびっていた。顔をみとめるが早いか、殺す計画をたてはじめたのだから。席上できみが《玄胡行》を踊ることになっていると発表したので、どうやらあの荒地で顔を覚えられ、取引を暗にもちかけられているといちはやく察し、好機がおとずれしだい殺すと決めた。花火の幕間《まくあい》はまさにまたとない好機だったので、ぞんぶんに利用した。きみに昨晩話したやりかたでな。あの三人の客のひとりが下手人だという動かぬ証拠があるとあくまで言うのはな、羅《ルオ》、この推理が土台になってるんだ」

「やれありがたや、幽蘭《ゆうらん》じゃないのか！」知事が叫ぶ。「三人のことを知らんとさきにいったのは、われながらまったくの真実でしたな！　だが、おかげで破滅の淵から救われましたよ、大兄！　これであの舞妓殺しは女詩人になんのかかわりもない地元の事件として、なんのやましいこともなく報告できる！　いったいどうすれば、このご恩返しができ……」

その言葉は大号令と武器のがちゃつく音で中断された。一行はまちの西門をくぐろうとしている。狄《ディー》判事がすかさず話をひきとってはじめた。

「第二に、宋《スン》挙人殺しだ。父親が謀叛の罪で捕まったときはまだ五つの子どもだった。そして、伯父に連れられてすぐ都に出た。それが、いったいどこでどうして父親がぬれぎぬだったと確信するに足る情報を得たのか、いまとなっては推測するしかない。思うに、おそらく母親の不義密通の話を聞いたのではなかろうか。伯母の話によるとこの金《チン》華《ファ》を訪ねてきたことは一度もないそうだから、伯父か、ほかの親類が成長後に話して聞かせたに違いない。それでふとしたはずみで、その不義の子が鬱金《うこん》だと知ったに違いない。だからこそここに来て、異父妹に連絡をとったのだろう。そのかたわら、父親の裁判についておたくの公文書保管庫で詳しく記録を調べあげた。鬱金《うこん》のほうはときどき会いにくる父親のことを内緒にしていたが、父親には宋《スン》挙人のことを話したに違いない。名は宋毅文《スンイーウェン》、父親の仇をとるために金華《チンファ》に来た、茶商人の孟《モン》の家に住んでいるとな。それで下手人は孟《モン》の家に行き、宋《スン》を殺したのだ」

小柄な知事が強くうなずく。

「宋《スン》の下宿を家捜ししたのはそれでだな、狄《ディー》。最後の覚書から足がつくかもしれないから、そいつを探すために。たぶん、蒙《モウ》将軍かあの挙人の母親の古い手紙も見つけたんだ。将軍の財産はすべて官に没収されたが、衣服の一枚や二枚は持ち出せたはずだし、何年もたったあとでその衣類に縫いこまれた密書をあの挙人が見つけたのかもしれん、真相は天のみぞ知るだが！」

「そいつは、羅《ルオ》、下手人の正体を突き止め、じゅうぶんな証拠をそろえて尋問してみんことにはわかるまい。だが、さしあたってはわれわれが待ち望む好機の影すら見えんが！　だが、その問題に入る前に第三の点を見ておきたい。女詩人が告発されとる例の懸案だが、伝え聞くところによると、女中を白鶴観でむちうって殺したとされている。教えてくれ、きみに渡したあの二通の密告状だが、何かわかったか？」

「それが、あまりないんだ、狄《ディー》。二通ともかなりの文人が書いてるし、われわれの文体にどれだけ煩瑣《はんさ》な決まりごとがあるかきみも知っとるだろう。思いつくかぎりの人間の生活、考え、行動、偶発事に対する決まり文句があってな、文人なら誰でもしかるべきときにしかるべき言葉を使うはずだ。かりにその手紙が無学な男の手になるのであれば、むろん話はまったく違うよ、似たようなくせや誤りを拾い出すのはたやすい。ありていに言うと、いくつかの前置詞の使い方が似ているといえばいえる。それをもとに、二通とも同一人物の手によるとしいて言えば言えなくはない。すまん、狄《ディー》！」

「もとの直筆の手紙を見たかったなあ！」狄《ディー》判事が大声をあげる。「これでも筆跡には一家言あるんだ、確実に見極められたのに！　だが、それには首都まで行ってこんと。だいいち、都の裁判所が閲覧調査を許してくれるかどうか！」いらいらと口ひげをひっぱった。

「なぜ、あくまでその手紙にこだわるんだ、狄《ディー》？　きみの炯眼をもってすれば、大兄、三人のうちどれが下手人か、決め手を見つける方法は他にもあるに決まっとる！　まったく、そいつはまちがいなく裏の顔を持つやつだな！　話していくうちに、きっと何かしっぽを出すよ、でなければ……」

狄《ディー》判事が断乎としてかぶりをふった。「望みはないぞ、羅《ルオ》、そもそも問題はだな、三人とも非凡な人物で、行動といい反応といい並のものさしでは推測できん。認めよう、羅《ルオ》、この三人は識見・才能・経験ともに最高の文人だ――国家に占める高い地位は言うに及ばずな！　じかに訊ねたところでわれわれふたりとも自ら災いを招くようなものだ。かといって、遠まわしにありきたりの罠を仕掛けたところで効きめはなかろう、いずれも自負もあり世故にもたけた最高の頭脳たちだからな、きみ、なかでも博士は犯罪捜査にかけては私やきみより長い経験の持ち主だ！　かまをかけても、不意をつこうとしても、無駄骨に終わるだけだ！」

羅《ルオ》がかぶりをふった。絶望的に言う。

「本音をいうとね。狄《ディー》、この三人の大文人を殺しの容疑者だとする考えには、いまだになじめないんだ。そんなひとかどの人士が血も涙もない下劣な罪を犯すなんて、どうやったら説明がつく？」

狄《ディー》判事が肩をすくめた。

「大ざっぱに推測するしかない。たとえば、博士があまりに多くのことを経験しすぎたというのは想像がつく。平凡な人生で手に入れるものはすべて手に入れ、さらに普通では味わえない刺激を求めるようになった。逆に郎中はこれまで月並みな感情しか味わえなかったと、はた目にわかるほど悩んでいる。自分の詩がつまらないのはそのためだと。その不満がつもりつもって、まったく予想もつかない行動に出たのかもしれない。魯《ルー》導師については、新たな宗旨に改める前は、寺の小作たちにひどい仕打ちをしていたそうだな。どうやらいまでは善悪を超えた境地にいるようだから、危険きわまる行為にも無頓着になったのだろう。いまのは心に浮かんだままをほんのいくつか述べたまでだ、羅《ルオ》。おそらくは、それよりはるかにいりくんだ話だろうよ！」

小柄な知事はうなずいた。籠のひとつを開け、片手いっぱいの砂糖菓子を出してぼりぼり食べはじめた。狄《ディー》判事は座席の下にある茶籠のお茶を一杯飲みたくなったが、輿がうしろざまに大きくかしぎはじめた。窓のとばりをあけると、高い松並木にふちどられた急な山道にさしかかっていた。羅《ルオ》がお上品に手巾《ハンカチ》で両手を拭き、こう言った。

「型通りの調べをしてもやっぱり何にもならないよ、狄《ディー》。少なくとも邵《シャオ》と張《チャン》についてはそうだ。あの挙人が殺された一昨日《おととい》は早めに床についたと、二人とも言っていた。それに泊まっていた官旅は知っての通り大きいし、人の出入りが多い。あらゆる種類の役人がのべつ出入りしてるからね、いちいち裏をとるなんて不可能さ。二人のどちらかがよくよく注意して、人に見つからないよう夜更けにしのび出たのなら特にね！　だが、導師についてはどうだろう？」

「似たりよったりだ。あの寺には誰でも出入りできる、それは私が自分で確かめた。それに、茶商人の家がある東門付近に出る近道があるんだ。鬱金《うこん》が死んでしまった今となっては、袋小路にはまりこんだのではと心配でならんよ、羅《ルオ》」

ふたりの知事は暗然とした。狄《ディー》判事が頬ひげをゆっくりと指ですく。長い間をおいて、ようやく口を開いた。

「たったいま、ゆうべの夕食会のもようを頭でもう一度なぞってみた。きみは気づかんか、羅《ルオ》？　客人同士がことさら和気あいあいとしていたとは思わんか？　四人が四人ともだ、女詩人も含めてな。礼儀正しいが距離をおき、気さくだが打ち解けず、それぞれの分野に冠たる顔ぶれでありながら、こぢんまりした文人の集まりによくある軽い応酬に終始していた。だが、この四人は長いあいだたまに顔をあわせるぐらいだった。本音がどうか、どんな共通の思い出や愛憎の結ぼれがあったかなんて誰にわかる？　三人とも内心をうかがわせる片鱗たりとみせなかった。だが、女詩人はべつだ。あれは生まれつき情の濃いたちで、とらわれの身となって六週間のうちに行なわれた裁きのかずかずが重く心にのしかかっている。だからゆうべ、仮面の一端をはいで見せてくれた。たった一度、ほんのつかのまだったが、はた目にも明らかなほど神経がはりつめていたな」

「というとつまり、あの〈佳期重会〉と題した妙な詩のあとか？」

「まさにそうだとも。あの女がきみに含むところはまったくなかったからな、羅《ルオ》。かりにああいう緊張状態になければ、あの詩は絶対につくらなかったと確信している。きみのことはまったく念頭になかったんだよ。あとで、露台で花火を見ていたときにはいささかおちつきをとりもどしていたから、多少なりともきみに詫びていた。あの詩は三人の客人の誰かをさしたものだよ、羅《ルオ》」

「それを聞いてうれしいね」小柄な知事はさらりと言った。

「あの乱暴きわまる非難には本当に肝をつぶしたからね。即興にしてはいまいましいほどできがよかったから、とくに」

「なんの話だ？　いやすまん、羅《ルオ》。あの二通の密告状についてまた考えてたんだ。かりに書き手が同一人物とするなら、客人のうちだれかひとりは幽蘭《ゆうらん》を首斬り台に送りこみたいほど憎んでいる。そもそもの質問に戻ろう。三人のうち誰だ？　そう、白鶴観の事件について女詩人と話し合ってみるという約束だったな。今晩、その機会に恵まれればと思っている。それから、ころあいをみて例の密告状を話題に持ち出し、それから一歩退いて彼らの反応をうかがうつもりだ、女詩人のは特にな。だが、そういう試みがうまくいく見込みは大してないと正直なところいわざるをえんよ！」

「元気づけてくれるじゃないか！」知事がつぶやく。しとねにもたれ、観念したように両手を組んで太鼓腹にのせた。

しばらくすると、また輿が平らになり、喧噪のただなかに止まった。

そこは大きな古い松木立のただなかにひらけた一枚岩の台地で、碧緑したたるその深い色合いが碧崖《へきがい》の名の由来になっている。前方の崖からのりだすように平屋のあずまやが建っていた。四方に壁はなく、ずらりと並んだ太い木柱ががんじょうな屋根を支えている。崖っぷちは深い山間の谷にせりだしていた。谷をへだてた向かいに山脈《やまなみ》がふたつ、初めの尾根はあずまやとほぼ同じ高さに、ふたつめはくれないの筋を刷いた空高くそびえていた。台地のもう片端の崖っぷちに小さな寺があり、高い松の枝のはざまにとんがり屋根がなかば見え隠れしている。寺の手前に食べ物屋の小さな屋台があり、知事さまのお越しだというので今は閉まっていた。羅《ルオ》の料理人は野外の台所をそこにもうけていた。木立の根もとにいくつもすえつけた架台の卓をとりまいて、巡査や門衛ほかの政庁の士官たちが大いにやっているかたわら、小者たちがふたつきの食籠《じきろう》や大きな酒瓶をかかえてせわしなくばたばた駆け回っていた。輿丁《こしかつぎ》や人夫たちはそのお余りをちょうだいするはずだ。

羅《ルオ》知事が先頭の輿わきに立ち、博士と郎中を迎えていると、魯《ルー》導師のむさ苦しい姿が視野にあらわれた。色あせた青い衣の裾をからげて腰の縄切れにたくしこみ、たくましい毛ずねを両方ともあらわにしている。衣類の包みをあの曲がり杖にぶらさげ、農夫がやるように肩にかついでいる。

「そうしていると正真正銘の山の隠者に見えるな、導師！」博士が叫ぶ、「だが、松の実や朝露より、だいぶましなものを食っとる隠者のようだが！」

太った僧はにやりと笑い、不ぞろいな茶色い歯並びをむきだした。寺の方角めざしてすたすた去っていく。羅《ルオ》知事は松葉の散り敷いた小道に他の客人をいざない、あずまやの土台よりわずかに高くしつらえた花崗岩の石段をのぼった。しんがりに続く狄《ディー》判事に、三人だけ急ごしらえの台所に行かない兵が目にとまった。あずまやと寺のおよそまんなかあたりにそびえる松の根元でひとかたまりにしゃがんでいる。三人ともとがった槍先のついた鉄かぶとをかぶり、めいめい剣を背負っている。肩幅の広い隊長には前に政庁で会ったと判事は気がついた。州役所からつかわされた、女詩人の護送役人たちだ。女詩人に対する羅《ルオ》知事の保証は官邸の敷地内だけで、いまは外に出ているので、また警戒の任にあたっているのだ。囚人の身に何かあった場合は護送役人が死罪に問われるのだから、そうして警戒にあたって当然だ。だが、この楽しい遠出に彼らの陰気な姿があることで、判事の胸を痛いほどの不安が刺した。

17

稀代の閨秀は柱に揮毫《きごう》し
魯《ルー》導師は輪廻《りんね》の法を説く

ほかの者のあとから狄《ディー》判事もあずまやに入った。みなで大急ぎで熱いお茶を飲み、それから羅《ルオ》知事の案内で、崖ぎわをふちどる大理石の低い彫り欄干《らんかん》に出た。その前に立ち、真紅に染まった落日の輪が山のかなたに落ちるさまを黙ってながめた。ついで、影がまたたくまに谷をすっぽりおおう。狄《ディー》判事が欄干《らんかん》ごしに身を乗り出すと、下は急な断崖だった。十丈以上はある。はるか下の深みで、とがった岩にさかまく谷川から薄霧があがってきた。

郎中がふりむく。

「忘れがたい眺めだ！」畏敬の念にうたれていた。「このすばらしさを数行にとらえられたら、あとでほうふつと……
……」

「わしの詩から丸写しするんでなければな！」薄笑いを浮かべて博士がさえぎる。「この名勝をはじめて訪れたとき――周《チョウ》顧問官をご案内して――この日没を絶句にした。たしか、顧問官がここのたるきにその詩を彫らせたはずだ。見てみよう、張《チャン》！」

あずまやのたるきにさげた大小十いくつもの板をみなで見てまわった。すべて名士による文章や詩が書いてある。燭台をともしていた小者に、博士が一本を高く掲げよと命じた。上を見ていた郎中が声をあげる。

「そうだよ、邵《シャオ》。きみの詩もある！　すごく高いところだ。だが、まだ読めるな。すばらしい古詩体じゃないか！」

「本歌取りで古詩のつっかい棒に助けられ、つたない拾い歩きをしただけだよ」と博士が謙遜する。「だが、もうちょっといい場所にあってもよさそうなものだが。ああ、そうだ。それで思い出した！　そのおり、顧問官がその集まりに〈雲上《うんじょう》の会〉なる名を与えた。今日の集まりにふさわしい名を、誰か思いつくかな？」

「〈霧中《むちゅう》の会〉はどうだ」だみ声がのぼってきた。魯《ルー》導師が階段を登ってくるところだ。こんどはまたあの蘇芳色に黒いふちどりの長衣を着ている。

「いいじゃないか！」郎中が呼ばわる。「本当にすごい霧だ。木の間に流れるその長い筋を見てごらん！」

「わしが言ったのはそのことじゃない」導師が評した。

「じきに月が昇るといいが」狄《ディー》判事が言う、「中秋節は月に捧げる祭りだからな！」

小者たちが大理石欄干まぢかにすえつけた朱塗り円卓の酒杯を満たしてまわった。卓上いっぱいに冷たいおつまみの大皿がならんでいる。小柄な知事が杯をかかげた。

「ご同席のみなさまがた、霧中の会に心よりようこそとつつしんで申し上げます！　ほんの粗末な田舎料理のほかに何もございませんが、無礼講でおおいにやりましょう！」

だが、ぬかりなく博士に右の上席を、朗中には左席を勧めた。冷たい夜気が肌を刺したが、綿入れの厚い上がけが椅子にすっぽりかかり、床の甃《いしだたみ》に木の足乗せ台が置かれた。狄《ディー》判事は魯《ルー》導師と女詩人にはさまれ、同僚の向かいに腰をおろした。給仕役の小者たちが、湯気のたったあつあつのお団子の碗をはこんできた。どうやら崖上のこんな冷たい夜に、冷たい前菜ばかりではあまりお客人がたの食欲をそそらないと、羅《ルオ》の料理長は気づいたらしい。二人の女中がまた杯を満たした。導師が自分の杯を一息に空け、がらがら声でこう言った。

「いやあ、いい山登りだった。金色の雉子《きじ》がいたし、枝から枝をつたう手長猿《てながざる》が二匹いた。狐もいたな、すごく大きなやつだ。それは……」

「後生ですから、うす気味悪い狐の話など今宵はなさいますな、導師！」女詩人が笑みを浮かべてさえぎった。そして判事に、「この前、湖県でお話ししたとき、この導師さまは同席していた私どもにひとりのこらず鳥肌をたてさせましたのよ！」正午に見たときよりずっと気分がよさそうだと狄《ディー》判事は思った。だが、それは念入りにほどこした化粧のせいかもしれない。

導師がその姿にぎょろ目をすえた。

「ときどき千里眼が働いてな」静かに言う。「見えたものを他人に言うとすれば、ひとつにはその力をひとに示したいがため。ひとつには自らの恐れを鎮めるためだ、見えるものが気に食わんのでな。わし自身はといえば、おなじ見るなら生き物のほうがいいな、野生のやつを」

狄《ディー》判事には導師がいつになく和らいだ雰囲気のように思えた。

「前任県の漢源《ハンユアン》では」狄《ディー》判事が意見を述べた、「手長猿《てながざる》が官邸の真裏の森にたくさんおりましてね。毎朝、裏の回廊でお茶を飲みながら眺めたものです」

「生き物が好きとはいいことだ」導師がゆっくりと言った。「自分の前世がどんな生き物か、わかったもんじゃない。そしてまた、生まれかわったのちにどんな生き物になるかもわからん」

「きっと昔は吼えたける猛虎でいらしたのね、知事さま！」女詩人がいたずらっぽく狄《ディー》判事に言った。

「それをいうなら番犬でしょう！」判事が応じた。そして導師に、「そういえば、もう仏教徒ではないとさきにおっしゃいましたが。それでも輪廻《りんね》は信じておられるのですな」

「当然じゃろう！　悲惨この上ない境遇で揺りかごから墓場まで過ごす人々がおるのはなぜじゃ？　さもなくば、幼い子どもたちがまだほんの若い身空でむざんな死にざまをとげるのはなぜじゃ？　前世で犯した罪のつぐないというのが、納得できる唯一の説明じゃよ。われらが犯した全ての過ちを、至高の法《ダルマ》がただ一度の生だけでつぐなわせるとでもお思いか？」

「いやいや、わしはあくまで言うぞ、羅《ルオ》！」博士の声がその会話を中断した、「あのひどい自作の相聞詩《そうもんし》（恋歌）からどうでもひとつ、そらで歌ってみせよ！　世評に恥じぬ、名だたる浪子《いろおとこ》ぶりを証してみせるのだ！」

「羅《ルオ》は恋に恋してるんですのよ」女詩人がさらりと言った。

「大勢の女とたわむれるのは、まことの深い愛を容《い》れる器量に欠けるからです」

「なんと思いやりのないことを、われらが価値あるあるじどのに言うのだね！」郎中が声をかける、「かわりにきみが自作の相聞詩を歌いたまえ、幽蘭《ゆうらん》！」

「歌いはいたしませんわ、もう今はね。でも、詩をひとつ捧げましょう」羅《ルオ》知事が執事を手招きし、すずりと紙のしたくを整えた脇卓を指さした。狄《ディー》判事は同僚が青ざめているのに気づいた。幽蘭《ゆうらん》の評はおそらく痛いところをついたのだ。執事が紙を一枚選び出したが、博士が叫んだ。

「大幽蘭《ゆうらん》ほどの大家《たいか》が紙くずなどに不朽の詩を書くものか！　そこの柱に書きつけよ、そなたの詩がすぐさま木に彫りつけられるように。そして後世まで末永く読みつがれるようにな！」

女詩人が肩をすくめた。立ち上がり、手近な柱にむかう。女中のひとりが方硯《ほうけん》と筆をささげてしたがい、いまひとりがろうそくをかかげて柱のそばに立った。幽蘭《ゆうらん》は柱の面がなめらかになるまでよくこすった。そのほっそりした両手が、判事の眼にふたたび強く焼きついた。筆をすずりにひたし、はっきりした美しい字でこう書いた。

苦く詩をよむ灯火《ともしび》のもと
待つ人の来ぬ床の冷たさ
愁いの風にうつろう枯葉
窓紗《カーテン》を透かし月を惜しむ

「ほう！」博士が声をあげた「四行の中に秋の愁いがすべてとらえられている。われらが女詩人は放免だ！　みなで彼女のために乾杯しよう！」

さらに何回か杯を干し、その間に給仕の小者たちが熱い料理を新たに運びこんだ。銅の大きな手焙《てあぶ》りが四つ、真っ赤におこった炭を山盛りにして座の四隅に置かれた。今度

柱に揮毫《きごう》する

は夜が更けて崖の上が寒くなってきたためで、谷からは湿った霧があがってきた。黒雲が月を隠す。うわのそらでおもての松にさげたちょうちんの灯を見つめていた羅《ルオ》知事が、だしぬけに身を乗り出した。

「ちくしょうめ、あそこの木立の下で焚き火をしとる三人の兵どもはなんなんだ？」

「あれは私の護送役人ですわ、知事さま」女詩人が平然と言った。

「あつかましい悪党どもめ！」羅《ルオ》が叫ぶ。「あやつらをすぐに……」

「あなたさまの保証は、わたくしが官邸にいる間だけのものでございますから」すかさず女詩人が思い出させた。

「ああ……ふむ、そう、なるほど」つぶやいた羅《ルオ》が矛先を変えて、「鯉の甘酢煮はどうした、執事？」

狄《ディー》判事が手ずから幽蘭《ゆうらん》の杯をみたし、話しかけた。

「保留中のあの事件の覚書を羅《ルオ》君にもらいました。あるいは嘆願書を書くお手伝いでもということで。さしてうまい文章でもありませんが、法律上の報告書でしたら心得がありますし、それに……」

女詩人が杯をおろした

「ご厚意にはあつく御礼申し上げます。ですが六週間というもの、いろいろな牢に入っておりまして、事件の有利な点について考えをめぐらす時間がじゅうぶんございました。もちろん、あなたさまのように法律上の言い回しについての該博な知識は欠けておりますけれども。自身の弁論を書き上げる最適の人物はやはり自分だと、いまだに自負しておりますのよ。もう一杯、お杯につがせてくださいませ！」

「ばかはよせ、幽蘭《ゆうらん》！」導師が叱りつけた。「その分野では、狄《ディー》は非常に名高いのだぞ！」

「私見では」狄《ディー》判事が続ける、「その事件のはじまりが密告状だという事実にまだまだ吟味の余地があるようです。桜の木の下に死体が埋まっていると、その手紙の書き手にどうしてわかったのかという、誰しもが抱く疑問について、何の手がかりも見つかりませんでしたし。書きぶりからしてたしなみある文人の手によるもので、賊一味ではありえません。その書き手の素性について、何かお心当たりでも？」

「かりにあったとしましたら」そっけなく言った。「そのときお調べになった判事さまにとうに申し上げておりますわ」杯をあけ、それから続けた、「それとも、言わないかも」

　ふいに沈黙が訪れた。やがて郎中がさらりという。

「相矛盾する言動こそ、美と才に恵まれた女の特権。そなたに乾杯だ、幽蘭《ゆうらん》！」

「その乾杯に私も加わろう！」博士が景気よくあおった。一座に笑いが訪れたが、判事の耳にはわざとらしく響いた。みな、したたかに酔いはじめていたが、三人の男たちはいずれも凡器ではないから、仮面を外すそぶりすら見せないことはわかっている。だが、女詩人は熱病じみた光を両目に浮かべ、崩れ落ちるせとぎわのようだ。もう少し誘い出してみなくては。自分は誰かを疑っている、その人物はこの席上にいると、あの謎めかした最後のひとことでほのめかしているらしい。

「あなたに罪をきせたその密告状ですが」とまた続けた、「この金華《チンフア》で十八年前に書かれ、蒙徳令《モウテーリン》将軍の没落のもととなった密告状をほうふつとさせます。やはり、非常にたしなみある文人の手で書かれたものでしてね」

　矢のように鋭い視線を投げてくる。三日月型の眉をつりあげて問い返した。

「十八年前ですって？　それではあまり役に立ちそうにありませんわね！」

「じつは」狄《ディー》判事が続ける、「当地で将軍の事件にゆかりのある人物に出会いまして。直接につながりがないというのは、それはそのとおりです。ですが、この会話でありとあらゆる興味ある可能性を検討してみてもよいでしょう。その人物というのは、将軍の妾が産んだ娘のひとりでした。その妾の姓は宋《スン》と申します」

導師の方を見た。だが、肥った僧は会話にのってこないようすで、わき目もふらずに料理に集中している。たけのこを煮込んだ精進料理だ。博士と郎中は聞いていたものの、通りいっぺんの興味以上は顔に出さない。隣席で仰天した女詩人が目の隅にちらりとうつった。すばやく計算する、驚いた、そのときはまだ十二歳ではないか！　明らかに、事情を知る誰かから話を聞いたのだ。導師は箸を置いた。

「宋《スン》だと？　それは、ついこないだ当地で殺されたあの挙人の名前じゃないのか？」

「そうです。その殺人事件のおかげで、私と同僚どのは蒙《モウ》将軍の謀叛にまつわる古い事件にたどりついたのです」

「そこで何を見つけようとしたか、むろん知るよしもないが」博士が会話に加わった、「だが、羅《ルオ》、もし将軍に関する評決に何か手違いがあったと思っとるんなら、まとはずれもいいところだぞ！　知っての通り、わしは監察使の相談役として、あのとき現場におった。最初から最後まで、裁きの流れをこの目でつぶさに見届けたんだ。これは断言するが、あの男は有罪だった。残念だったよ、できる軍人だったからな。うわべは鷹揚な大人《たいじん》を装っとった。だが、芯は腐っていた。昇進の件をいつまでも根に持っていたんだ」

郎中がうなずいた。杯をすすり、ことさらあらたまって言う。

「裁判方面のことは知らんも同然だがね、羅《ルオ》、謎解きには興味がある。その古い謀叛と最近のこの挙人殺しをつなぐかかわりとはいったい何か、説明してくれないか？」

「殺された挙人は宋《スン》と名乗っておりまして、妾が産んだ娘とただいま同僚の狄《ディー》が申しましたのは、その異父妹かもしれないとわれわれはみております」

「ずいぶんとあてずっぽうに聞こえるが！」郎中が異議をはさむ。

幽蘭《ゆうらん》が口を開きかけたが、狄《ディー》判事がすかさず答えた。

「あてずっぽうではありません。将軍の妾は生まれた娘を捨てたのです、不義の子でしたので。あの挙人は当地に異父妹が、そして母の情夫も健在だと知り、その男を探しに金華《チンフア》に来た可能性があるとわれわれは推論しております。あの挙人はここの政庁の公文書保管庫に参って、将軍の友人縁者を調べていたことが判明いたしましたので」

「よくやった、羅《ルオ》!」博士が叫ぶ。「あれだけ手間ひまかけてもてなすかたわら、公務に奔走する時間まで捻出していたとは! そして、われわれが気づきもしないほど完璧に口をつぐんでいたとは! その挙人を殺した下手人だが、何か手がかりがあるかね?」

「実際に動いてくれましたのは同僚の狄《ディー》でございます! 最近の進展については、そちらからお教えできます」

「ふとしたはずみで」狄《ディー》判事が言った。「宋《スン》の異父妹をつきとめました。じつは南門の玄胡祠で堂守をしておりました。うすのろでしたが……」

「そんな者の証言など法廷では認められん」郎中が口をはさむ。「私でさえ、それぐらいの法律事項は知っとるぞ!」

椅子に座ったまま、導師が身体ごとこちらを向いた。判事にぎょろ目をすえてたずねる。

「鬱金《うこん》を知っとるんだな、狄《ディー》?」

18

過ぎにし日々の縁《えにし》を語り
まどかな月を仰ぎて熄《や》む

魯《ルー》導師は唇をへの字にして、毛深い大きな片手で酒杯を回しつつ、とつとつと語りだした。

「あの娘なら一度わしも会った。興味があったんだ、明らかに狐と心が通じておったからな。あそこにはうようよしとる。生い立ちを知っとるか？　安い淫売宿に売られたが、初めての客の舌を嚙み切った。いかにも狐がやりそうなことじゃないか！　効果もあった。出血でその客があやうく死にかけとるすきに、騒ぎのどさくさにまぎれて窓から飛びおり、荒地の玄胡祠にまっすぐ逃げこんだんだ。それ以来ずっとあそこだ」

「最後に会ったのはいつですか？」狄《ディー》判事がさりげなくたずねた。

「いつ会ったかだと？　そうだな、一年かそこら前にはなる。三日前ここに戻ってきた時、もっとゆっくり時間をとって、あの娘と狐どもの絆がどんなものか見極めようと思ってたんだが」大きな坊主頭を横に振った。「二、三度行ったんだが、そのたびに荒地の入口にある門のところで引き返した。あそこにはおびただしい幽霊が群れをなしてうろついとるからな」また杯を満たした。羅《ルオ》知事のほうをむいて続ける。「ゆうべ、おまえさんが雇ったあの舞妓はやはり狐みたいな顔をしとったな、羅《ルオ》。足のぐあいはどうだ？」

小柄な知事は目顔で狄《ディー》判事に問いかけた。判事がうなずいたので、羅《ルオ》は一座に向かって述べた。

「昨夜はみなさまにご心痛をおかけしたくなかったので、事故と申し上げました。実を申せば殺されたのです」

「わかっておったさ！」導師がつぶやいた。「わしらが飲み食いしてしゃべっとるあいだじゅう、すぐ近くになきがらが横たわっとったんだ」

郎中はあっけにとられて幽蘭《ゆうらん》のほうを見た。

「殺された？」とたずねる。「そして、発見したのはきみか？」

女詩人がうなずくと、博士が腹立たしげに言った。

「話してくれるべきだったよ、羅《ルオ》。わしら三人ともそんなやわにはできておらん。判事として捜査に長年たずさわってきたわしの経験をもってすれば、有益な助言の一つ二つは与えてやれたかもしれんのに。それじゃ、きみは今のところ二つの殺人事件を抱えているというわけだな、ええ？舞妓を殺《や》ったほうの悪党は、何か手がかりがあるのかね？」

同僚のためらいを見て、狄《ディー》判事がかわりに答えた。

「ふたつの事件はわかちがたく結びついております。宋《スン》挙人の当地での調査について申せば、その父親が本当に謀叛をたくらんでいたという点、それにこの見方でいうと挙人のねらいはまったく見当違いであったという点はまったく仰せの通りです。ですが、同僚どのと私が思いますに、挙人がほぼつきとめかけていた人物がその父親を陥れたのは、お国のためではなく、まったくのわが身可愛さであったと存じます、つまり……」ぎょっとするような女詩人の悲鳴で、話がとぎれた。

「そんな恐ろしい話を、いつまで続けなくてはならないんですの？」と、声を震わせる。「こんなふうに、えじきに忍びより、首に回した輪なわをしだいにせばめて……お忘れですの、私とて告発を受けている身だということを？死罪のお沙汰がいつわが身にふりかかってもおかしくないのですよ？よくもそんな……」

「落ちつけ、幽蘭《ゆうらん》！」博士がとりなす。「何も心配することはない。そなたの無罪放免についてはむろん露ほども疑っておらん。都の裁判所の判事たちは人物ぞろいだ、よく知っておる。あの者たちならそなたの事件についてほんの形ばかり話を聞いたうえで、あっさり放免してくれる、保証してもいい」

「まったくだ」詩人が言う。狄《ディー》判事がすかさず言った。

「その件で幽蘭《ゆうらん》どの、あなたによいお知らせがあります。蒙《モウ》将軍を陥れた密告状とあなたに罪をきせた密告状は、二つとも優れた文人の手になるものだと数分前に申し上げました。今では、その書き手は同一人物に違いないとわかっております。そのことで、あなたの事件はまったく新たな進展を迎えます」

博士と郎中はまったく意表をつかれて、判事をまじまじと見た。

「あの狐舞妓殺《きつねぶぎごろ》しについて、もっと聞かせてもらおうじゃないか」導師がだみ声を出す。「結局のところ、われわれの隣室で起きた事件だからな！」

「おっしゃる通りです。むろん、妃の階段の逸話はあなたもよくご存知ですな。そして、九親王の妃が宴の大広間の屏風裏にあった戸口を利用していたという事実から……」

狄《ディー》判事のすぐ横で、がちゃんという大きな音がした。

女詩人がはじかれたように席を立ち、勢いあまって椅子をひっくりかえしたのだ。立ったまま、燃えるような眼で判事をにらみおろし、どなりつけた。

「まったく、なんてばかばかしい！　あなたも、あなたのまとはずれでへたくそな推理も！　すぐ目の前の簡単な真相さえ見えないなんて！」波だつ胸を両手で押さえつけ、必死になって息をととのえようとした。「言っときますけどね、こんなでまかせにはもううんざり。ふた月近くもやってるのよ、もうたくさん！　もう耐えられない！」片手のこぶしで力まかせに卓を叩き、絶叫した。「脅しをかけてきたあの舞妓を殺したのはこの私よ、このばか！　自業自得よ！　あのやせこけた首にはさみを突き刺してやったわ、そのあとあなたのところへ行ってお芝居をしたのよ！」

女が燃える眼で睨《ね》めまわすあいだ、深い沈黙が一座をおおった。狄《ディー》判事はなすすべもなく、その姿を見上げて絶句していた。

「一巻の終わりだ！」羅《ルオ》知事がつぶやいた。

すると女詩人はうつむいた。こんどはやや穏やかな声で続ける。

「宋《スン》挙人は私の情人だったの。そう、父親はぬれぎぬだったと思いこんでた。宋《スン》が鬱金《うこん》に会ってることはあの舞妓が教えてくれた。かわいそうなうすのろ娘、色恋の妄想ばかりたくましくして。骸骨に経帷子《きょうかたびら》を着せて〝いい人〟だなんて。捨て子だった事実が心の傷になって、きちんきちんと会いに来てくれる父親という夢をでっち上げたのね。小鳳《しょうほう》が言ってたわ、鬱金《うこん》の妄想をあおってるんだって。ごきげんにさせときさえすれば妙な曲をいろいろ教えてくれるからっていうのでね。言っときますけれど、小鳳《しょうほう》はこすっからい意地悪女で、死んで当然だったわ。宋《スン》と私の関係をかぎつけて、それをたねに脅迫してきたのよ。そうと知ったのは昨日の午後だった。私に会って、いい機会だとばかりじっくり考えたあとで、踊るつもりだった《紫雲鳳》をあの《玄胡行》に変えたんだもの。あの破れ祠から宋《スン》が出入りしてたのを見かけたっていう、お優しい謎かけだったわけ」

いっきに話しすぎて、やむなくあえいでひと息入れた。

その支離滅裂な供述を、狄《ディー》判事が必死でなんとか整理しようとする。念入りに足がためをしていた事件の全貌が、形にもならぬうちから音を立てて崩れていく。そうぞうしい鉄音がした。椅子が倒れる大きな音と女詩人のどなり声を聞いて、あの三人の護送役人たちがあずまやにかけつけたのだ。隊長は一本の柱のそばに立ち、疑わしげな目で一座を睨めまわしていた。だが、見返す者はない。すべての目が、卓に両手をついて立つ女詩人に集まっていた。やがて、狄《ディー》判事が自分でも聞き取れぬほどのかぼそい声でたずねた。

「あの舞妓が宋《スン》から知ったあなたの秘密とはなんですか？」

女詩人が振り返って隊長を手招きした。

「いらっしゃい、隊長さん！　これまでまともに扱ってくだったし、このことは聞いておく権利があるわ！」隊長が羅《ルオ》知事を心配そうに一瞥して席に近づくと、女詩人は続けた。

「宋《スン》は情人だったんだけど、じきに飽きて放りだしてしまった。去年の秋ね。六週間前、あの人が湖県に数日滞在してたの。あたしに逢いに来て、やり直したいって言った。断わったわ、情人にはもううんざり。男嫌いになってたの、ほんのわずかな女友達がいればじゅうぶん。男なんて！　うちの女中が人夫なんかとしめしあわせて裏切ってるとわかって、ひまを出したの。そしたら夜更けに戻ってきたわ。夕方の散歩に出てると思いこんだのね。宝石箱をあさってる現場をとりおさえたの」

　間をおいて、がっくりとかしいだ髻から額にこぼれおちた髪の房をいらいらとはねあげた。

「たっぷり鞭をくれてやったわ、でもその時……鞭打っていた相手はあの女中じゃなかったの。ひと打ちごとに自分を打ってた。自分の信じられないおめでたさかげんを！　われに返って気がついてみたら、あの子がそこに倒れて死んでた。死体をひきずって庭に行ったら、裏門のところに宋《スン》が立ってた。一言もいわずに桜の木の根もとに運んで、埋めるのを手伝ってくれたわ。地面をならしたあとではじめて口をきいたの。お互い秘密は守ろうって——一緒にね。絶対にいやだって言ってやったわ。あたしに手を貸して、死体を隠したことであの人も殺しの共犯なんだもの。このまま消えたほうが身のためよって。逃げて行ったわ。死体が早晩見つかったときのことを考えて庭門の鍵を壊しといたの、自分の身は自分で守らなきゃって。銀の燭台一対はお堂の祭壇の下に埋めたわ」

　深く息をついた。再び隊長のほうにむいて優しく言う。

「ごめんなさいね。三日前、あたしがここの銀細工屋に入っていったとき、遠慮して外で待っててくださったでしょ。あのとき、宋《スン》のところに走っていったの。こうささやいてたわ。どうやら首斬り台送りには自分が書いた密告状じゃ足りないらしいとわかったから、別の手を打つつもりだって。でも、その前にゆっくり話し合いたいことがあるだろうって。夜更けにたずねると約束したわ。隊長さんはあたしに気兼ねして、部屋の扉の前に部下を立たせておかなかったのよね。それでこっそり宿屋を抜けだして、宋《スン》の下宿に行ったの。なかに通されてから殺したわ、裏路地のごみの山で拾った規《コンパス》でね。そう、それでおしまいよ」

「まことに残念ですな」と、隊長。眉ひとつ動かさず、腰に巻いた細鎖をほどきはじめた。

「当意即妙の創作は昔からお手のものだったな」深い声がした。博士だ。すでに席を立ち、今では椅子の背後にいて人目をひきつけていた、がっちりした長身に錦の衣をなびかせて。傲岸にかまえた顔つきを軒先のちょうちんが照らし、ひっきりなしに動く白目が瞳をことさら大きく見せていた。ていねいに衣紋をつくろい、さらりと言った。「しかしながら、そこらの売女《ばいた》ふぜいに借りを作るなど、ごめんこうむる」

むぞうさな足どりで、低い欄干を乗りこえた。


女詩人が絶叫した。高く、ひきさくように。席を蹴って欄干にとびついた狄《ディー》判事のすぐ背後に、隊長と羅《ルオ》知事がつづいた。はるか下の暗闇に、とうとうと谷を抜ける瀬音だけがかすかにひびく。

狄《ディー》判事が顔をそむけると、幽蘭《ゆうらん》の絶叫も絶えた。茫然と欄干に立つかたわらに郎中がいる。羅《ルオ》知事はやつぎばやに執事に命令を出している。灰色ひげの執事がうなずいて、階段をかけおりた。女詩人が席に戻る。力つきたように腰をおろし、抑揚のない声で言った。

「これまで生きてきて、愛したのはあの人だけだった。さあ、ともに最後の一杯を。じきに私もお別れしなくては。ごらんなさいな、月が出ました！」

みな席に戻り、隊長は二人の部下を連れていちばん遠い柱までさがった。狄《ディー》判事が黙って幽蘭《ゆうらん》の杯をみたすかたわらで、羅《ルオ》知事が言った。

「うちの執事によると、この向こうに小道があって、そこから谷に降りられます。これから部下を数名やって死体をさがさせます。ですが、一里かそこら下流でしょうな。流れがとても速いので」

　女詩人が両ひじを食卓についた。苦笑いする。

「何年も前に、あの人は自分用の壮麗な墓の凝った図面をとうに描き上げてたわ。死後に父祖の地に建てるんだといってね、そして、今ではその死体《からだ》が……」両手に顔を埋める。小刻みに震える肩を、羅《ルオ》と導師が声もなく見つめた。郎中はあらぬ方を向いて目をみはり、月に輝く尾根を見つめていた。やがて幽蘭《ゆうらん》が両手をおろした。

「そうよ、これまで本気で愛した男はあの人だけだった。詩人の温暾陽《ウエントウンヤン》は好きだったわ。気前がいいし、一緒にいて楽しいもの。それに他にもいたわね、そういう人が。でも邵範文《シャオファンウエン》はここに、この体の内に、この皮膚の下に息づいていたの。恋に落ちたのは、あたしが十九のときだった。抱え妓楼からこっそり足抜けさせられたの、金を払って買うのはいやだって。そして、飽きたら一文なしで置き去りにされた。露命をつなぐには安淫売でもするしかなかったわ。だって都の妓楼に不義理をしたせいで回状が回っていて、高級なところじゃどこも相手にされなかったんだもの。身体を壊して、ほとんど飢え死にしかけた。あの人は知ってた、けれど気にもしなかった。温暾陽《ウエントウンヤン》のおかげで立ち直ったあとも、何度かよりを戻そうとしたわ。邪険にされた、まるでうるさくつきまとう犬をおしのけるように。あの人には本当に苦しめられた！　それでも、あきらめられなかったの」

　一息に杯をあおった。羅《ルオ》知事を申し訳なさそうに見て続ける。

「おたくに泊まるよう誘われたときにね、羅《ルオ》。はじめは断わったわ。だって、あの人になんかもう二度と会いたくないだろうと思って……それが、もう一度あの尊大な声を聞き、あの姿を……」肩をすくめる。「でもね、本気で人を愛したら欠点さえも愛するものよ。私がそうだった。あの人と共にいるのは拷問だった、でも幸せだった……こともあろうに〈佳期重会〉の詩を作れって言われたあの時だけは、あやうく切れそうになったけど。本当にごめんなさいね。そう、あの人が心おきなくおのが悪行の上首尾を吹聴できる相手は、生きてる人間では私だけだったの。そして、それはそれはたくさん聞かされたわ。あの人こう言うのよ、自分はこれまで生きたなかで最も偉大な人間だ。だから、人間の肉体と頭脳のかぎり、めくるめく感覚をすべて試してみる権利があるって。そう、蒙《モウ》将軍の妾を誘ったのはあの人。露見すると自分の手で将軍を陥れたわ。叛乱の企てに邵《シャオ》も一枚加わるつもりでいたのだけれど、うまい時に見切りをつけたのね。将軍の一味の顔ぶれはみんな知ってたのに、向こうはあの人のことを知らなかった！　監察使は邵《シャオ》の適切な助言を絶賛したわ——邵《シャオ》はそれを面白おかしく私に話すの！　お裁きのあいだじゅう、将軍は邵《シャオ》のことは一言も言わずに口をつぐんでいた。陰謀への関与をあかしだてる文書がないし、妾の不義密通を持ち出すには気位が高すぎたから——それに、どのみちあの妾は首を吊ったんだもの、そっちの証拠もなかったのよ。昔のその情事のことを私に話すのが大好きでね……この春、白鶴観に会いに来たわ。えじきのみじめな末路をほくそえんで高みの見物するのがなにより好きだったんだもの。だからこそ、妾とその不義の娘に会いに、金華《チンファ》を通るたびにいつもあの玄胡祠に来ていたの。あの娘《こ》に話して聞かせたのよ、決して裏切らない〝いい人〟や狐と一緒にいられて本当に幸せなんだって。

それで、あの女中を鞭打って死なせた事件についてたったいま話したことは、ぜんぶ本当よ。宋《スン》を邵《シャオ》に入れ換えればね。あのお気の毒な挙人さまには会ったこともないわ。邵《シャオ》の口からきのう聞いただけ。かわいそうな鬱金《うこん》が洗いざらい話してしまったのよ。邵《シャオ》は夜ふけに宋《スン》の下宿の裏口を叩いたの、蒙《モウ》将軍の事件について情報があるって。中に入るや、庭門のごみの山で見つけた大工の古規《コンパス》で殺したの。匕首《あいくち》はいちおう持ってたんだけど、その場で見つけた凶器のほうがいつもつごうがいいんですって。だから、あの舞妓もはさみで殺したのよ。邵《シャオ》の唯一の気がかりは、母親の不義の物証を宋《スン》がつかんでいるかもしれないってことだった。宋《スン》の下宿で探し回ってはみたけれど、何も出なかった。もう一杯ついでちょうだい、導師！」

杯を干したあと、うってかわって口が重くなった。

「言うまでもないわね。私に手を貸して邵《シャオ》があの女中の死体を埋めたあと、あの人を追い払ったりしなかったってことは。いいえ、それどころか必死で哀願したの。ひざまずいてすがったわ、ここにいて、おねがい、戻ってきてちょうだいって！　あの人はこう答えたわ。あの女中を鞭打つ現場を見られなくて残念だった。でも、私のことをお上に報告するのは自分のつとめだって。笑いながら出て行った。私を陥れるつもりだったのよ。だから、へたな手がかりをでっちあげたの。密告状のことを教えられたときにわかってたわ、書いたのは邵《シャオ》だって。私を破滅させたいんだって。ばかな私の気持ちを知っていたから、自分のことは一言もしゃべらないとわかってたのよ、たとえ命と引きかえにしても！」がっくりとかぶりをふりながら片手をあげ、さっき詩を書きつけた柱を指さした。「どれだけあの人を愛していたか！　あそこにあるあの詩は、まだ二人でいたころに私が作ったのよ」

ふいに狄《ディー》判事を睨みつけ、くってかかった。

「あなたがいいかげんなでっちあげの輪なわをあの人の首にかけ、だんだんと引いて絞めていくあいだ、まるで私の首が絞められているようだった！　だから自白したのよ。私の知っている事実のかけらを寄せ集めてあの人を救おうとしたんだわ。でも、あの最後の言葉を聞いたでしょう」

酒杯をおいて立ち上がった。形のよい手を器用に動かしてちょいちょいと髷を直し、あっさりと言った。

「これで邵《シャオ》が死んでしまったからには、もちろんあの女中を鞭打って殺したのを心置きなくあの人のせいにできるわね。そういうことがとても上手な人だったから。でも、あの人が死んでしまって、私も死んでしまいたい。あとを追って谷に身を投げてもいいけれど、それでは、あそこにいる隊長さんが身がわりに命をとられてしまうわね。それに、どういうわけだか私にも矜持《ほこり》があるの。してはいけないことをいろいろしたけれど、臆病だったことは一度もないわ。あの女中を殺したのは、私。だからすすんで報いを受けるつもりよ」郎中のほうを向いて、はかない笑みを浮かべる。「あなたと知り合いになれて、いつだって光栄に思ってましたわ、張《チャン》、だってあなたは大詩人ですもの。導師、あなたのことは本当にすばらしい方と思っております、本物の賢者でいらっしゃるとわかってきましたものね。あなたにはほんとうに感謝しています、羅《ルオ》、ずっと変わらぬ友情を示してくださって。それに、狄《ディー》知事、いましがた食ってかかったりしてあなたには申しわけなく思っています。邵《シャオ》と私の結びつきは、遅かれ早かれこういう破滅を迎える運命《さだめ》でしたの。そして、あなたはご自分のつとめを果しただけ。これでよかったのよ、引退後、これまでより自由気ままに動けるようになったからには、邵《シャオ》は自分の楽しみのために新たなえじきを求めて、さらなる悪事をもくろんでいたでしょう。それに、どのみち私ももう終わり。では、ごきげんよう」隊長のほうを向いた。鎖でつないで引いていかれ、あとにふたりの兵がつづく。

郎中は椅子のなかで背を丸め、肉のうすい顔は燃えつきた灰のような色をしていた。のろのろと額をこすってつぶやく。

「頭が割れそうだ！　心底からかき乱されるような経験あれかしと、これまでずっと願ってきたかと思うと！」立ち上がってぼそりと言う。「まちに戻ろう、羅《ルオ》」不意に弱々しく微笑んだ。「なんと、羅《ルオ》、前途洋々だな！　最高の名誉が待ちかまえている。きっとこれから先……」

「すぐにも待ちかまえているものならわかりますが」小柄な知事はいなした。「つまり、これから夜っぴて執務机について公式報告書を書くんです。輿においでください、じきに私もまいりますので」

郎中が行ってしまうと、羅《ルオ》はつくづくと判事を見ていた。唇をわななかせ、口ごもる。

「なんて……なんてことだ、狄《ディー》。あんな……あんな……」

声が途切れた。

その同僚の腕に、狄《ディー》判事は軽く手を置いた。

「あの覚書を仕上げるんだ、羅《ルオ》。今しがたのことばを一言一句たがわず書き写してな。そうすれば、きみの撰になる私家集はまさにあますところなく正当な評価を示すことになる。その詩によって、彼女はこれから世代を超えて永く生き続けるだろう。張《チャン》に同乗してまちに戻るがいい。私はしばらくここに残っていたいんだ、羅《ルオ》。頭の整理をつけるために少々時間がほしい。書記たちに公文書保管庫で準備をすっかり整えさせておいてくれ。じきにそちらに行って、報告書作成にひとくとおり手を貸すよ」

知事をしばらく見送ると、導師に向いてたずねた。「あなたはどうなさいますか？」

「おまえさんに話し相手をつとめてもらおうか、狄《ディー》。あの欄干に椅子を寄せて、一緒に月を眺めようじゃないか。とどのつまり、ここに来たのは中秋節の月見のためじゃからな！」

しまいかけの食卓に背を向け、となりあって座った。あずまやにはふたりだけだ。羅《ルオ》知事の出発を待ちかねて小者たちも厨房をぬけだし、森でさきほどの椿事をたねに盛り上がっている。

判事は黙って、かなたの山の尾根を見つめた。かそけき月光をあびて木立がくっきりと見え、一本ずつの区別さえつきそうだ。ふと口を開く。

「玄胡祠の堂守の鬱金《うこん》に興味がおありでしたね。残念ながら狂犬病にかかって、今日の午後に亡くなりました」

魯《ルー》導師が大きな坊主頭を振ってうなずいた。

「知っておる。のぼりの山道で、生まれてはじめて玄狐《くろぎつね》をみた。しなやかな細身に、すべらかな黒い毛皮じゃった。やがて、いなずまのように藪に走りこんでな、消えてしもうた……」音をたてて頬の無精ひげをしごいた。まだ月を見ながらさりげなく言う。「博士に不利な確証でもあったのか、狄《ディー》？」

「一片もありませんでした。ですが、女詩人はあると思っていました。だからすべてを解き明かしてくれたのです。彼女がしゃべらなければ、いくら脅しをかけたところであやふやな推理どまり、先細りの押し問答に終わったことでしょう。博士なら興味深い演繹の小手調べとでも名づけたことでしょうが、しょせんそこまでです。むろん、不利な証拠はひとかけらもないとあの男には完全にわかっていたのです。法の手を恐れて自殺したのではなく、あの人間離れした並はずれた気位の高さゆえに、誰かの哀れみのおかげでおめおめと生きながらえる自分が許せなかったのでしょう」

導師は再びうなずいた。

「まさしく一場の芝居だった、狄《ディー》。たまたま狐もひと役かった人間の芝居じゃな。だが、ちっぽけな人の世の限られた尺度で全てを見るものではない。人の世と重なり合う世は、まだまだ他にもいくつもあるのだ、狄《ディー》。狐の世からすればこれは狐の芝居、そこにたまたま端役で人間がいくたりか出たにすぎんよ」

「おっしゃる通りかもしれません。四十年ほど前、まだほんの小娘だった鬱金《うこん》の母親が黒い子狐をうちに連れ帰ったのがそもそもの始まりだったようですし。私にはわかりません」判事が長い脚をのばした。「ですが、自分が疲れきっているのはわかります！」

その姿を、導師が目のすみにとらえる。

「そう、しばらく休んだほうがよかろうな、狄《ディー》。おまえさんとわしの選んだ道のりは、いずれもまだ先が長い。遠く、長く、疲れる道じゃ」

椅子にもたれ、かっと見開いた蝦蟇《がま》の目で、澄みきった月を見上げた。

著者あとがき

狄《ディー》判事は歴史上実在の人物である。彼が生きたのは唐の時代、西暦六三〇年から七〇〇年である。偉大な探偵として名声を博しただけでなく、卓越した政治家でもあり、経歴の後半期には大唐帝国の内政外交にわたり重きをなした。作中のさまざまな冒険はこの史実をふまえてはいるが、まったく架空の物語である。ただし、女詩人の「幽蘭《ゆうらん》」は例外とする。彼女は実在の名高い人物に材をとった。閨秀詩人の魚玄機《ぎょげんき》、およそ八四四年から八八七年に生きた人である。史実でも妓女であり、女中を鞭打って殺したかどで、処刑台でその波瀾万丈の生涯を閉じた。だが、真相は今に至るも解明されずじまいである。その生涯と作品についてさらなる詳細をのぞまれるむきは拙著『古代中国の性生活』(E.J.Brill社　ライデン　一九六一年　松平いを子邦訳　一九八八年　せりか書房)文中の一七二ページ～一七五ページ(邦訳二三三ページ)をご参照ありたい。本書一六〇ページ引用の詩は彼女の作である。

本書で述べた中国文人の諸相だが、およそ二千年にわたって科挙が官吏登竜門であったことをご想起ねがってもよかろう。良民であれば受験資格があった。受験準備のさいには富家の子弟が貧困家庭の子より有利なのはいうまでもないが、受かりさえすれば門地資産を問わずただちに登用され、行政機構にはある種の風通しのよさをもたらし、中国社会においては封建制の身分による不平等を和らげる働きをした。文雅のたしなみは社交に欠くべからざる役割を果たし、わけても書は非常に重んじられ、実情として画より上位に置かれた。このことは、漢字に表意文字としての性格が色濃いため、書道は書というより画に近く、西洋の抽象画にもっとも相通じるものがあると思い至れば、容易に理解できるはずである。

中国の三教とは儒・道・仏であるが、仏教は紀元一世紀になって天竺《インド》から渡来した宗旨である。官人はおおむね儒を奉じ、道に心を寄せたが、仏教となると多くはよしとしなかった。だが、七世紀にインドより招来された禅《ジアン》と呼ばれる新たな仏教宗派は、道教の要素をあまたとりいれ、他力本願を捨ててもろもろの経典を無用の長物と断じ、仏は自己の身のうちにありと説いた。この教えは中国の知識層にあまねく人気を博し、さらに日本へと広まり、かの地では禅《ぜん》と呼ばれた。本書に登場する魯《ルー》導師は禅僧である。

中国の狐伝承は、さかのぼればわれわれ西欧の歴史以前に端を発し、長きにわたり中国文学に少なからぬ役目をはたしつづけた。胡媚《こび》については、参考文献にオランダの碩学J・J・M・デ・ホロート教授の労作 *The Religious System of China* 全五巻（E.J.Brill社　ライデン　一九一〇年）第二巻の五七六ページ～六〇〇ページをあげておく。

狄《ディー》判事の時代、中国に辮髪《べんぱつ》はなかった。満洲人の中国征服により一六四四年に強要された風習だからである。就寝時以外は長髪をまげに結い、家の内外を問わず帽子を着用するのが当時における男性一般の風俗であった。道教の隠者と仏僧というごく例外をのぞいて、かぶりものをかぶらずに頭をさらして人前に出るのはたいへんな無作法であった。本書では、この点が宋《スン》挙人殺しの真相をあばくきっかけとなっている。

唐代の中国に喫煙の習慣はなかった。煙草と阿片が中国に入ってきたのは狄《ディー》判事の時代から何百年もあとのことである。

ロバート・ファン・ヒューリック

訳者あとがき

狄《ディー》判事シリーズの第三巻を、こうして日本の読者にお届けできてひとしお感慨深い。機会を与えてくださった読者諸賢、陰に陽にさまざまなかたちで惜しみないご助力をたまわった山本節子氏はじめ原著者ご遺族の方々、福原義春氏および小松原威氏、さらに、早川書房および編集子の川村均氏に、まずは心より御礼申し上げたい。

正直なところを申せば、訳者泣かせのシリーズ作品中でも、本書は難物のひとつであった。なにぶん日本の読者諸賢になじみのうすい事物が多いからである。というわけで、この場をお借りして簡単な説明・補足などお許しいただきたい。

聖書の黙示録のように遠い未来を語る予言書はどの国、どの文化にも見うけられるが、中国史上にもあまたの例がある。

道教でいえば河図洛書《かとらくしよ》、仏教経典においては授記《じゆき》と呼ばれ、日本でもよく知られる法華経なども授記の経典である。広義でいえば、宗教聖典のたぐいは宗派を問わず大なり小なり授記とみなしてさしつかえないだろう。

文人諸相については原著者もあとがきで言及しているが、ここでは官職名について少し補足しておきたい。あくまで科挙及第をへて官吏登用されること。それが、文人または読書人とよばれる中国の知識人《インテリ》たちの前提であり主流であった。花形は、いまの文部科学大臣と東大総長をかねたような国子監祭酒《こくしかんさいしゆ》や各省庁の次官補佐クラスの郎中《ろうちゆう》などの役職である。そのなかでも主な詔勅を起草する中書舎人《ちゆうしよしやくじん》はある意味で文人冥利につきる職務であり、国政の中枢にたずさわる宰相予備軍として憧れのまとであった。

唐代の官職や科挙について詳しくごらんになりたければ『唐の行政機構と官僚』（礪波《となみ》護著　中公文庫）が手ごろな解説書としておすすめである。

本書の重要な手がかりのひとつに、楽譜があった。

楽譜といえば西洋式の五線譜がおなじみであるが、東洋にもむろん独自の記譜法がある。中国の場合は文字譜といわれる漢字略字をもちいたもので、用いる楽器によっていろいろと記譜法もちがってくる。そのいくつかは楽器や音楽とともにわが国にも伝わり、多少の変化をとげつつ雅楽はじめ邦楽一般で用いられた。世界最古の楽譜とされる「幽蘭琴譜」はいまも奈良の正倉院に残る。その楽譜について論文をあらわし、ひろく世界に紹介したのが、ほかならぬファン・ヒューリックであった。

作品中のヒロイン Yoo-Lan を玉蘭でなく、あえて幽蘭としたのは、幽蘭譜の紹介者へのささやかなオマージュのつもりである。ちなみに彼女のモデルになった魚玄機については、森鷗外の名作短篇「魚玄機」をぜひともお読みいただきたい。

さて、証拠物件から凶器に話題を移そう。

殺人の凶器に使用された「規」(コンパス)は、いわゆる羅針盤ではなく大工道具の一種で、日本では「ぶんまわし」と呼ばれる。「規矩《きく》」という熟語もあるほどで、「矩」(さしがね)とならんで建物の寸法を決める大事な道具である。構造的には現代の製図用コンパスと変わらない。先端に鋭利な刃物がついていて、その部分をじかに木材につきさして使用する。

狐にまつわる伝承は洋の東西を問わず多い。西洋にもギリシアの昔からある。ただし、西洋の狐の原型イメージは中世寓話の「狐物語」にとどめをさすだろう。狼のイザングランをあの手この手でだしぬく狡猾なルナールには、東アジアの狐にみられるいじらしさや義理堅さ、深い神秘性はかけらも感じられない。ちなみに東洋型のほうにも善悪ふたとおりあって、悪のほうもルナールとはけたがちがう。具体例をあげると、安倍晴明の母と伝えられる葛の葉狐、唐代伝奇集にみられる狐妻たちなどが善のイメージ、那須の殺生石に変じた悪女妲己《だっき》の本身ともいわれる金毛九尾狐が悪役の代表だろう。本書に出てくるのと同じような

「狐つき」はヒステリーの症例として日本各地にもごく最近まであったし、胡仙や日本のおいなりさんのように民間信仰で親しまれるかと思えば、仏教にとりいれられて「茶吉尼天《だきにてん》」なる魔神となり、中世日本では密教の一派に信奉された。後醍醐天皇は茶吉尼天《だきにてん》をもちいる「飯綱《いづな》の修法」を好んだといわれる。

文中に引用した漢詩は白文のままだと読みにくいので、すべて和訳にひらいた。

第十章の宴に出てきた〈佳期重会〉は、原文をもとにいったん白文を作成したのちに和文にした。前半部分はやはり実在する唐の大詩人李賀《りが》の詩をもとにした。詩聖の杜甫、詩仙の李白と並び称される鬼才であり、唐王朝の血をひく貴公子でありながら、狷介な性格が世に容れられずに失意不遇のうちに夭逝した。絢爛華麗きわまる行間に隠花植物の不吉なまがまがしさを帯びるその作風こそ、だれよりも本書にふさわしい。

後半部分は中国でなく、おとなりの朝鮮半島より借用した。パンソリの名作「春香伝」文中に出てくる詩である。やはり妓女と才子の多難な恋が題材となっているが、こちらはハッピーエンドである。和訳もあって、岩波文庫から出ている。

ところで、本書では狄《ディー》判事には珍しく、年相応の交友ぶりがほのぼのと描かれる。お調子ものの同僚にして道楽ひとすじの羅寛充《ルオクワンチユン》知事が初登場したのは『中国梵鐘殺人事件』（松平いを子訳 グーテンベルク21有償ダウンロードにて入手可能）、本文二一ページと二三ページはその事件への言及である。そののち、*The Red Pavilion* 冒頭でも、たまたま通りすがりの判事に面倒を押しつけてさっさと逃げるなど、なかなかの狐というか狸ぶりを発揮している。この件ではさすがの判事も腹にすえかねたとみえ、本文二一ページでさりげなく皮肉を述べているが、しれっと受け流されている。ライフスタイルも「仕事は仕事、遊びは遊び」とうそぶくあたり、いまどきのサラリーマンになっても立派に楽しくやっていけそうな御仁である。とんでもない悪友かと思えば、判事に言わせるとどうやらそうでもないらしい。蒲陽《プーヤン》時代を彩るでこぼこ知事コンビの相棒として、読者諸賢にはどうかなにぶん今後ともごひいきに願いたい。

その相棒に「だってきみ、詩はあんまり興味ないだろ」と面と向かって言われたのをはじめ、本書では詩才のなさをさんざんに言われまくった狄《ディー》判事であるが、ひいきの引き倒しを覚悟でよけいな弁解を申し上げておくと、史実の狄仁傑《ディーレンチエ》の方はすぐれた詩をいくつも残しており、いずれも高雅な人格をしのばせる佳品である。そのひとつを最後にご紹介して、駄文のしめくくりとさせていただく。

帰省　　狄仁傑

幾度天涯望白雲
今朝帰省見雙親
春秋雖富朱顔在
歳月無憑白髪新

幾度《いくたび》か天涯白雲《てんがいはくうん》を望《のぞ》む
今朝帰省《こんちょうきせい》し雙親《そうしん》に見《まみ》ゆ
春秋《しんじゅう》富《と》むと雖《いえど》も朱顔《しゅがん》在《あ》り
歳月《さいげつ》憑《たの》む無《な》く白髪《はくはつ》新《あら》たなり

美味調羹呈玉筍
佳肴入饌膾氷鱗
人生百行無如孝
此志拳拳慕古人

美味《びみ》羹《あつもの》を調《ちょう》して玉　筍《ぎょくじゅん》を呈《てい》し
佳肴《かこう》饌《せん》に入《い》りて氷鱗《ひょうりん》を膾《なます》にす
人生百行《じんせいひゃくこう》孝《こう》に如《し》くは無《な》し
此　志《このこころざし》拳拳《けんけん》として古人《こじん》を慕《した》う

異郷の空でいくたび故郷をしのんだことか
このたび帰省がかない両親にお会いできる
老父老母はかくしゃくとしてお顔色もよく
お元気なのにお髪《ぐし》だけがいつのまにか白い
いにしえの孝子にはおよびもつきませんが
心づくしの美味を調《ととの》え食膳を囲みましょう
ああ、人のおこないは世にかずかずあれど
孝養にまさる美徳がまたとありましょうや
思うたびに、いにしえの孝子のゆかしさが
したわしく思えてならぬ今日このごろです

HAYAKAWA POCKET MYSTERY BOOKS No. 1744

和《わ》 爾《に》 桃《もも》 子《こ》

慶應義塾大学文学部中退，英米文学翻訳家
訳書
『真珠の首飾り』『雷鳴の夜』ロバート・ファン・ヒューリック
『ハリー・ポッターの魔法世界ガイド』アラン・ゾラ・クロンゼック＆エリザベス・クロンゼック
（以上早川書房刊）他多数

この本の型は，縦18.4センチ，横10.6センチのポケット・ブック判です．

検印
廃止

〔観月《かんげつ》の宴《うたげ》〕

2003年12月10日印刷　2003年12月15日発行

著　者　ロバート・ファン・ヒューリック
訳　者　和爾桃子
発行者　早川浩
印刷所　星野精版印刷株式会社
表紙印刷　大平舎美術印刷
製本所　株式会社川島製本所

発行所　株式会社　早川書房
東京都千代田区神田多町2ノ2
電話　03-3252-3111（大代表）
振替　00160-3-47799
http://www.hayakawa-online.co.jp

〔乱丁・落丁本は小社制作部宛お送り下さい
送料小社負担にてお取りかえいたします〕

ISBN4-15-001744-1 C0297
Printed and bound in Japan

1728
甦る男
イアン・ランキン
延原泰子訳

〈リーバス警部シリーズ〉上司と衝突し、警察官再教育施設へ送られたリーバスは、そこで未解決事件を追うという課題を与えられる

1729
雷鳴の夜
R・V・ヒューリック
和爾桃子訳

嵐に遭い、山中の寺へ避難したディー判事一行だが、夜が更けるにつれて不気味な事件が続発。ミステリ史上にその名を残す名探偵登場

1730
死の連鎖
ポーラ・ゴズリング
山本俊子訳

女性助教授脅迫、医学生の不審な死、射殺された人類学教授……一見無関係な事件には、不気味な関連が。ストライカー警部補登場！

1731
黒猫は殺人を見ていた
D・B・オルセン
澄木　柚訳

〈おばあさん探偵レイチェル・シリーズ〉猫を連れて赴いたリゾート地で起こった殺人事件に老婦人が挑む。〝元祖猫シリーズ〟登場

1732
死が招く
ポール・アルテ
平岡　敦訳

〈ツイスト博士シリーズ〉密室で発見されたミステリ作家の死体。傍らの料理は湯気がたっているのに、何故か死後二十四時間が……

ハヤカワ・ミステリ〈話題作〉

1733
孤独な場所で
ドロシイ・B・ヒューズ
吉野美恵子訳
〈ポケミス名画座〉連続殺人鬼となった帰還兵のディックス。次に目をつけた獲物は……ハンフリー・ボガート製作・主演映画の原作

1734
カッティング・ルーム
ルイーズ・ウェルシュ
大槻寿美枝訳
〈英国推理作家協会賞受賞〉競売人のリルケが発見した写真には、拷問され殺される修道女が。写真に魅せられたリルケは真実を追う

1735
狼は天使の匂い
D・グーディス
真崎義博訳
〈ポケミス名画座〉逃亡中の青年は偶然の出来事からプロ犯罪者の仲間に……ルネ・クレマン監督が映画化した、伝説のノワール小説

1736
心地よい眺め
ルース・レンデル
茅　律子訳
愛なく育った男と、母を殺された女。二人の若者が出会ったとき、新たな悲劇の幕が……ブラックな結末が待つ、最高のサスペンス！

1737
被害者のV
ローレンス・トリート
常田景子訳
ひき逃げ事件を捜査中の刑事ミッチ・テイラーが発見した他殺死体の秘密とは？　刑事たちの姿をリアルに描く、世界最初の警察小説

ハヤカワ・ミステリ〈話題作〉

1738 死者との対話　レジナルド・ヒル　秋津知子訳
〈ダルジール警視シリーズ〉短篇小説コンテストに寄せられた、殺人現場を描いた風変りな作品。そして、現実にその通りの事件が！

1739 らせん階段　エセル・リナ・ホワイト　山本俊子訳
〈ポケミス名画座〉孤立した屋敷で働く若い家政婦に迫る連続殺人鬼の影。三度にわたって映画化されたゴシック・サスペンスの傑作

1740 007／赤い刺青の男　レイモンド・ベンスン　小林浩子訳
JAL機内で西ナイル熱に酷似した症状の女性が急死した。細菌テロか？　緊急サミット開催の日本へジェイムズ・ボンドが急行する

1741 殺人犯はわが子なり　レックス・スタウト　大沢みなみ訳
11年前に失踪した息子を見つけてほしい――老資産家の依頼を受けたネロ・ウルフだが、捜し当てた息子は、殺人容疑で公判中だった

1742 でぶのオリーの原稿　エド・マクベイン　山本　博訳
〈87分署シリーズ〉市長選の有力候補者が狙撃された。全市を揺るがす重大事件を担当するオリー刑事だが、彼の関心は別のところに